养老院中的钱理群

钱理群摄于1999年

崔可忻在泰康之家登台演唱

活力养老的钱理群

养老院的邻居们在钱理群家欢聚

重回精神基地,与老友戴明贤(左)、袁本良(右)在贵州安顺畅叙,2023年6月21日

钱理群 著

养老人生
新机遇，再出发

中信出版集团 | 北京

图书在版编目（CIP）数据

养老人生 / 钱理群著 . -- 北京：中信出版社，
2025.3. -- ISBN 978-7-5217-7358-3

Ⅰ . I267.1

中国国家版本馆 CIP 数据核字第 2024L6T530 号

养老人生
著者： 钱理群
出版发行：中信出版集团股份有限公司
（北京市朝阳区东三环北路 27 号嘉铭中心　邮编　100020）
承印者： 河北鹏润印刷有限公司

开本：880mm×1230mm 1/32　印张：9.75　　字数：179 千字
版次：2025 年 3 月第 1 版　　印次：2025 年 3 月第 1 次印刷
书号：ISBN 978-7-5217-7358-3
定价：69.00 元

版权所有·侵权必究
如有印刷、装订问题，本公司负责调换。
服务热线：400-600-8099
投稿邮箱：author@citicpub.com

目 录

推荐序一　因老而结缘：钱理群先生印象　金波 / 1
推荐序二　点燃生命最后的霞光　樊宝珠 / 7
推荐序三　从"探险家"到"超越者"：
　　　　　钱理群《养老人生》读后　陆晓娅 / 13

　　自序　直面衰老与死亡 / 27

① 我的深情为你守候

"我的深情为你守候" / 47
附：歌声伴随我这一生　崔可忻 / 64
讲讲老伴崔可忻的故事 / 75
遥寄彼岸的一封信 / 82
疫情中思考养老人生 / 87
我们需要以老年医学为事业的大夫 / 92
记忆中的我的养老人生 / 98

02 把"养老学"作为我们新的事业

中国养老问题存在一个不可回避的事实 / 125

关于"养老学"研究和养老人生的一些思考 / 130

读陈东升《长寿时代的理论与对策》一文有感 / 136

商业理想主义与养老思想 / 141

03 养老人生的总体设想

养老人生的总体设想 / 161

我的生死观和养老设计 / 169

推动"安宁缓和医疗"事业的几点想法 / 209

04 圆人生最后一个梦

圆人生最后一个梦：和金波先生对话 / 217

养老生活与农耕生活的适度融合 / 244

关于养老人生的修养问题 / 249

关于宗教文化、精神的当下意义的一些思考 / 257

今天的中国与世界需要什么样的"新的叙事" / 261

老年的生命形态 / 276

后记 / 283

附录1　死后　鲁迅 / 287
附录2　死　鲁迅 / 293

推荐序一

因老而结缘：
钱理群先生印象

金 波　儿童文学家

祝贺钱理群教授的《养老人生》出版。这是我期待已久的一本书。养老问题是当今社会关注的热点，我认为不仅老年人要关注这一话题，未及年老的人也可以读一读这本书。

读这本书，自然会想到写这本书的人。作者的思考和思想会鲜明地呈现于他的语言文字中。作者的构思过程也离不开作者的心智心境，以及他的生命状态。由此，我常常会想起和作者交往中的点点滴滴。

人至老年，交友不易。或因阅历丰富，交友标准提升；或因知人论世，变得审慎起来。总之，进入了老年，很容易变成一个谨小慎微的人。加之体弱多病，于是，老年人常常会有孤独寂寞之感。老年常常会成为人生一段艰难度过的岁月。

我入住养老院前，把养老院想成世外桃源，想开始过一段省心省力的生活。但不久便感受到了另一种境况。我发现，老人们常常说起的话题是，年老、体衰、疾病、死亡，等等。再加上年老体弱，老人们不仅仅感到孤独，还会有一些无奈。由于思虑较多，还会夹杂一些怪异的想法。年龄大了，脑子反应慢，动作跟不上，让人急不得恼不得。总之，这里不是世外桃源。住进来，一定会有焦虑，会有怨气，而且找不到人去诉说、去交谈。

这一天，吃饭时，不知怎的，我把积压了的焦虑，一股脑儿地抛给了钱理群教授。他听后，用极平缓的语气说了句："这里也是个小社会呀！"他的一句话，使我从困惑中走了出来，使我从许许多多的不适应中渐渐清醒了过来。我开始承认自己就是在这个"小社会"里养老的。我们就是在自然规律里生活的一群人。无论你此前是多么的高官厚禄，多么的声名显赫，在这里都是也应该是平等的人。从此，在不知不觉之中，我和钱理群成了养老的朋友。我们是因"老"而结缘的人。

记得在一次沙龙聚会上，养老居民们讨论如何度过最后的养老岁月。我们都知道钱理群先生思考过这个问题，就请他先发言。他提出养老生活要有两个回归：回归童年，回归大自然。他提出的这两个理念让我感觉亲切，感觉惊喜。亲切的是我自认为一直生活在老年的"童年"中，我的每一篇儿童文学创作都包含着童年的体验和记忆，只是我很少想到养老生活的"回归童年"该是怎样的一种境界。他的另一个理念"回归大自然"却是与我的天性相契合的。在我的天性中永远都有宁静的一角，那就是面对自然。只是我也很少想到当我步履蹒跚、无力游山玩水的时候该如何"回归大自然"。

在此后的日子里，我们经常谈起童年教育，谈起儿童天性，谈起童年游戏，谈起启蒙教育，等等。

这些话题让我感到轻松，也感到沉重；感到纯真，也感到驳杂；感到快乐，也感到遗憾。童年离我们太久远了。那个回归的童年在哪里？钱理群提出童年时代的好奇心和想象力。我知道，这是我一直从事儿童文学创作的法宝。但是老年人的好奇心还会那么蓬勃吗？老年人的想象力还会那么丰富吗？其实好奇心和想象力就在我们的心中。即使到了老年，我们面对生活仍需要新鲜感。这是一种积极的生活态度。我们进入了老年，都需要对自己来一次再认识。钱理群教授不止一次地对我说：一谈起童年的玩，你就滔滔不绝，我什么都不会玩，不会滚铁环，不会抽陀螺。我说：但是你会摄影，你会演戏，你喜欢朗诵。你童年的"玩"一直持续到今天。你看世界，有一对新奇的眼睛，你看生活，有新鲜感，所以你才有好奇心，才有想象力，才有"钱理群的另一面"。他笑了，笑得很天真。这笑让我想到了他童年的表情。

　　再说说"回归大自然"。也是在那次沙龙聚会上，钱理群教授提出花草树木养精神。如果能亲自动动手，养养花草该多好，能培植蔬菜则更好。他还建议养老院给养老居民分一畦菜园子。听了他的建议，大家都很兴奋。稍后我回到居室细想：这钱老真的像个孩子一样天真。养老院这里，寸土寸金，怎么可能分田分地，养花种菜呢！但他的畅想引起了我的强烈共鸣。我很赞赏他的设计，这使得我们的老年生活变得很美，很有活力，很有情调。

　　我想起我和他的初识。那天，我们在院子里偶遇，发现他正在观察一棵树。我默默地观察他观察树的神态，我发现了另一个钱理群。他仰着头，微眯着眼睛。那目光是亲切的，微笑是温暖的。他移动着目光，很慢，似乎在倾听着树的声音，嗅着树的芬芳。那树叶的影子从他脸上闪过。那一天，我想起我写过这样一段文字："如果你也是一个爱树的人，我们便很容易成为朋友。树让我们亲近。当我们一起欣赏一棵树的时候，就是在感知生命，体验成长，欣赏美。"现在我再读到这段文字的时候，就会想到他的养老理念"回归大自然"。他对大自然有一种崇拜心理。他从童年时代开始就"认定身边的山、水、石头和草木，和自己一样，都是有灵有性的生命"。"老年人与大自然的关系是一种相互发现,是两种生命的融合。自然丰富了人,人也丰富了自然。""人与自然有着天生的和谐。人与自然的关系,也是人的生活方式的问题。"他把这些观念融进养老生活,引申开来,可以说是"老年文化"的重要内容。

住进了养老院,认识了不少老人,经常谈到"老",谈到"病",谈到"死亡",谈得投机,互有启发,愿意切磋,这就是缘分了。有了这缘分,生活就多了丰富的内容,多了趣味。我赞赏钱理群教授的养老理念。

行文至此,本该打住了,忽然又想起钱理群最近发生的一件事:他摔了一跤。这可是老年人的大忌,大灾难。摔一跤,骨折了,会引发其他病症,从此瘫痪或者离世的也有。但他摔跤的那一夜,因为站不起来,深更半夜的,又不想打扰别人,他知道自己没有摔成骨折,很幸运,就索性安下心来躺在地板上休息。那一夜,他突发奇想:死亡离我越来越近了,我要看一看死亡是什么样子的。天亮了,他被人扶起来,躺在床上开始思考死亡的问题。他很高兴,又有了一个可以思考写作的题目了。

他是一个喜欢思考的人。思考是他的精神营养。思考力即他的生命力,甚至可以说就是他生命的意义。从他身上,我对养老也有了一个理念:老了,要勤于思考。

由这本书，我又进一步认识了这个人，熟悉了这个人：钱理群是一个思考严密的人，也是一个浪漫主义者，他观察一切，想象一切，思考一切。

最近他常说：我老了，我思考大问题，我做小事情。

他说：我是一个可笑的老头儿，一个可爱的老头儿。

他说：我要把这句话镌刻在墓碑上。

我说：我认可你这句话。这句话概括得很恰当。老了，能做到可笑又可爱，不容易。

这两年，大家都说他越来越像弥勒佛了。我看着，也觉得越看越像。我把我收藏的一个铜雕弥勒佛像送给了他。他放在茶几上，他们每天面对面地对视着……

2024 年 1 月 29 日

推荐序二

点燃生命最后的霞光

樊宝珠 泰康燕园居民

非常荣幸应钱理群先生邀请为这本书作序,我确实有许多话要说。

我和钱先生是2015年第一批入住养老社区的居民,而且还是住在同一个楼层,实属缘分。

在活力养老阶段入住养老社区真的是一种明智的选择。在这里你摆脱了所有羁绊,卸掉所有沉重负担,放飞自我,真正按自己的意愿随心所欲地生活,开启自己人生新篇章。正如钱先生所说:"我们终于可以卸下面具,面对真实的自己。"

回想起刚入住时的点点滴滴,至今记忆犹新。我们这些原本素不相识的陌生人成了亲人般相互关怀的邻居和朋友。

我们还和社区活动部一起创办了各种活动小组,如舞蹈、爱乐、手工、健身、朗诵、读书会等。我们住的那一层还成立了邻里关怀走廊,一共分三个小组,每个小组选一位小组长,分别负责六户,一共十八户人家。每天晚饭后我们大家都聚集在一起,用几分钟的时间练习打棒操,口诀还要求大家必须背诵下来。其实锻炼不重要,重要的是我们大家利用这个时间见个面、问个安,每天一见,感情渐渐浓厚了起来。

逢年过节,我们会在宽敞明亮的走廊里聚餐,开热闹的茶话会,大家弹拉说唱,好不热闹。记得重阳节那一天,我们还把真实故事编排成了情景剧《邻里之间》搬上舞台,演员都是亲历者。最后,演出大获成功。

六一儿童节那天,我们楼层的老老少少(最大的93岁,最小的65岁)演出了我们小时候跳的舞蹈《两只老虎》。简单的动作,夸张的表演引得哄堂大笑,反响热烈。就连郑洞天导演也在使劲儿地鼓掌,走到我们面前高声赞赏:这个节目太棒了!

读书会是我们这里的一大品牌。主持人精心准备,每次都把会场布置得既温馨又契合当期的内容,分享者定期推荐一本好书,有世界名著、畅销书和最新出版的作品。读书会也是参加人数最多的活动,大家诵读其中最喜欢的段落、谈感想、谈收获、谈作者和时代背景,每次活动结束都收获满满,意犹未尽。

更难得的是,有的非音乐专业的居民出于对音乐的爱好,在社区办起了音乐欣赏的活动。从小范围沙龙式的古典音乐欣赏,发展为一个定期的"星期音乐会"栏目,且坚持了八年多,让我们看到每个人都有可能发掘自身的"潜能"——它使得晚年生活有了新的活力和动力。音乐欣赏活动的主持人金和增老师也融入了我们老年人生最美好的记忆中。

第一批居民"沙龙女主人"中影响最大的自然是崔可忻大夫。记得我们住进社区第一个中秋节晚上,崔大夫邀请一群人聚集在古典花园里。大家各自带上自己准备的小吃,还有咖啡、红酒、茶水等,尽情地舞啊唱啊,一直到深夜,真可谓"举头望明月,低头邻里情"。

最让人难忘的还是在崔大夫家中的聚会。崔大夫精力充沛,多才多艺又充满爱心,是大家心目中可亲可爱的"女主人"。她会亲手制作精美的小点心、圣诞树、小蜡烛,时不时还会给我们意外的惊喜,像自制冰激凌和各种精美礼品手袋。钢琴旁大家尽情歌唱,既温馨又浪漫。

我们也因此认识了崔大夫的爱人钱理群先生。钱先生大多数时间都是把自己关在书房里,如他自己所说:"就如同老农仍喜欢在地头打转一样,整天在书房里耙来耙去,继续耕耘我的'一亩三分地':这是属于自己的精神的园子。"他也因此很少参加社区活动,崔大夫主持沙龙活动,钱先生只是静静地坐在客厅的角落，不说一句话，却可以感到他精神上的投入：这样的相互配合，营造了一种温馨的"家"的氛围，也是最吸引我们之处。

这回读了钱先生的《养老人生》，才知道钱先生入住养老社区八年半，竟然写了16本著作，约480万字，平均每年两本，60万字，真正是"思如泉涌，手不停笔"!

钱先生在《养老人生》一书中回忆说，他退休后，又进入多个新的领域，力行思想与实践的结合，不断寻找、践行一个独立知识分子对社会产生影响的各种不同层面和方式。在和老伴、家人一起旅游时，用心体会如何与大自然相处。不只用眼，也要用心去发现大自然，从大自然那里吸取晚年生命的滋养与乐趣。他同时又回归童年，回归日常生活，回归家庭和内心。他情感丰富且细腻，总是能体察对方的感受，把心灵深处最柔软的浪漫情怀和理性精神恰到好处地展现在居民朋友面前。

这是钱理群式的养老人生，他并不想把自己的经验绝对化、普遍化。对于和他一样或不一样的老年人，对于众多的养老工作者，他满怀热情地提出，在养老事业这个极为广阔的领域，大家都可以参与、开拓、研究。他写道："理想的养老人生应该是一个多彩人生。每个人可以根据自己的兴趣和条件，做出多种选择：或致力于财富的新创造，智力的新开发；或参与养老事业的新开拓；或倾心于休闲养老，等等。我们所追求的是：'各取所需，各有所值，各有所归。'"

读完钱先生的书，经常思考的一些问题也渐渐清晰。最终我们每个人都要面对孤独、衰老和死亡，践行和探索养老的过程也是提升和净化自己的过程。孤独不再是孤单，享受孤独是一种新的生活方式。喝一杯醇香的咖啡，捧一本自己喜爱的图书，静谧真的是一种美好。

死亡也并不可怕，整理自己的一生，忏悔、饶恕、道歉，与亲人和朋友和解，与自己和解。原谅自己也宽恕别人，提前释放自己一生内心深处的各种纠结、怨恨和扭曲，不留或少留遗憾，因而获得内心的平静与安宁，坦然直面人生。

养老真的是一场宁静的革命，是一场可以重新开始导入内心世界的修行，一次可以触摸自己灵魂的发现之旅。我们越是到了老年，越是要懂得感恩、忏悔和扬善抑恶。这也是我从这本书中感悟到的一些收获吧。

钱先生并没有宗教归宿，但是他对宗教有特别强烈的认可。他说，没有信仰，道德没有底线是很可怕的事。人从哪里来？会到哪里去？临终时候的归属又在哪里？人生百年也不过是短暂的客旅，但灵魂不死——宗教给出了无限美好的愿景，也警示践踏道德底线的思想和行为，使人有所收敛和惧怕。

钱先生的《养老人生》是献给他已经远行的老伴崔可忻的，也是为在泰康生活的邻居、朋友们写的，更是为千千万万正在度过人生最后阶段的老年人写的。正如他所写的："越到晚年，越感到'无穷的远方，无数的人们'都与自己有关，时刻不忘'脚踏大地，仰望星空'，'想大问题，做小事情'。"

祝愿天下所有的老年人都能过上幸福的晚年生活，点燃生命中那最后的一缕霞光。

推荐序三

从"探险家"到"超越者":
钱理群《养老人生》读后

陆晓娅　新闻人、心理人、教育人、公益人

今年夏天,我正式步入"70后"的行列。我决定送自己一份"大礼":先坐邮轮进北极圈逛逛,再和朋友来个北欧自由行。

近40天的"双北"之旅回来,去看钱理群先生。他说他的《养老人生》定稿了,问我愿不愿意读读。我当然想先睹为快。

可是这一"睹",我发现我错了——原来这部书才是我的七十岁大礼!对于"初老"的我来说,比我大14岁的钱先生,以他自身五味俱全的老年生活体验,为我提供了鲜活的老年生涯读本、老年生命教材,让我看到了白发、皱纹、蹒跚脚步之下,精神生命的持续更新——以钱先生的年龄、成就与声望，他还能有这么丰盛的生命成长，实在令我惊叹！这份大礼，这个榜样，像一股强大的能量，让我抬头、挺胸，向着下一段的人生旅程勇敢启程，去做一个像钱先生那样的"老年探险家"。好歹我也曾是中国探险协会的理事呢。

该怎么说这本书呢？

首先，我觉得这是一本很不像"钱理群"的书，因为它"暴露"了钱先生很多不为人知的面向。有些是他过去就拥有的特质，只是被"北大著名教授"的光芒遮挡了，或是被长期忽略了；有些则是"老树新芽"，是在他老年"五大回归"（回归日常生活，回归大自然，回归童年，回归家庭，回归内心）旅途中，一个个地被发掘和释放出来的。但是，新老"钱理群"并不打架，相反，每个都有自己的存在理由，都找到了自己的存在空间，"他们"友好相处，彼此滋养，相互穿透，不断地整合进"钱理群"之中，让这个叫"钱理群"的老头，变得更加丰富，更加立体，更加可爱，更加灵动。

在老伴崔可忻眼里，钱理群是"整天沉浸在精神世界里，从不会照料自己生活"的"大孩子"。但在老伴"远行"两周年之际，钱先生给天堂里的老伴写信说：现在也逐渐学会了自己管理自己，并且开始"游走"于大自然，"享受"生活，注意自己的吃、穿、住、保养、锻炼身体。"许多人（我想，也包括你）都担心，你一走，我的一切生活都会乱套。现在可以多少有些自豪地告慰你和朋友、学生们,我现在生活得井井有条,清清爽爽,而且有滋有味。我在自觉地追求大自然——日常生活中生命的永恒。"

话说得波澜不惊,内里却是深刻变化。面对生命中的丧失,钱先生得到了很多社会支持,但在他的支持系统里,还有文学和大自然。他"每天早上散步,都以'重新看一切'的好奇心,观察庭院里的一草一木一水一石,并且都有新的发现","散步回来,就有一种'新生'的感觉"。这样,在养老院里,"我"与"树"(大自然)的生命,每天都处于"新生"状态……

用"新生"对冲"丧失",让钱先生在老伴走了之后,不仅学习了新的生活技能,获得了新的生存力量,甚至还开启了新的生命尝试。

因为都喜欢看树,他结识了儿童文学家金波先生。这奇妙的相遇,竟然为他续上了与儿童文学的缘分:从17岁时想当儿童文学作家,65岁时涌起研究儿童文学的冲动,再到81岁时与金波"儿童文学新启蒙"的合作,接连出版了四部作品,其中包括三部"金波著,钱理群点评本"(《昆虫印象》《星星草》《爷爷的树》),一部合著作品(《我与童年的对谈》),两个老头还意犹未尽……钱先生说,在七八十岁时,通过儿童文学的研究,实现人生老年与童年的相遇,"这是一件真正具有诗意的事情"。

"诗意",我还是第一次听到有人谈论老年时用到这个词!顿时,那个在课堂上慷慨激昂的钱先生(我曾在北大听过他讲课),变成了一个十足浪漫的老头。

钱先生对此还有另一层见解,他说:"人到老年,既要保留老年人的思考和智慧,又要回复儿童的纯真、情趣,这才是'人生的完美结合'。"在老年重返童年,两头碰到一起,人生成为一个圆。在这个圆里,智慧与纯真同在,思考与情趣齐飞。这么美妙的生命存在,岂不是最高阶的人生"整合"与"完形"?

钱理群的老年生涯既有对过去的延续,也有新的尝试与突破;他懂得适时地结束,也会勇敢地开启。他的老年并非生命力的持续退潮,而是经常出现一波波新的涌动,他积聚起新的生命能量,迸发出新的创造力。钱先生不无自豪地总结说,退休21年来,他开辟了几大"思想与实践结合的新领域",完成了几十部著作,甚至在疫情封控中,"我的写作的数量和质量,都达到了惊人的、我自己都想不到的程度。看起来是写'疯'了,但却是非常从容"。

从发展心理学的角度,钱先生真是一个绝佳的个案,他似乎印证了很多理论,又似乎打破了一些既有的概念,大大丰富了人们对老年的想象。比如,他进入老年后,并非仅仅把重心转移到传承，而是仍然在不断创新与创造，或者使两者有机结合，如"为未来写作"。在他的华发苍颜之下，跳动的是一颗充满好奇的童心。充满张力的两极，为何会在他身上出现？又如何能奇妙地融合在一起？心理学家埃里克·埃里克森说，人生最后一个阶段的心理冲突是"自我完善"对"绝望"。很显然，我在钱先生身上看到了"自我完善"的不断努力。这"自我完善"的动力来自哪里？其外在与内在的过程是怎样的？在高龄社会（有人喜欢用听上去更正向的"长寿时代"）来临时，面对漫长的退休后生活，怎样才能像钱先生那样，既有丰富的"转型资源"，又有高度的自我省思能力，使自己在原有的职业生涯结束后，仍然能找到新的人生目标，新的生命锚点？怎样充分利用老年的"自由"，"摆脱原有的存世身份"，摘下原来的面具，真正活出自己，甚至活出新的精彩，而不是面对"长"出来的"寿"，不知道如何打发，甚至患上退休抑郁症、老年抑郁症，或者以折腾子女、折磨他人、唯我独尊来显示自己的"存在"？

钱理群无疑是"积极老龄化"的典范，但从"养老学"来说，从整个社会来说，从养老机构来说，又能从他身上获得怎样的启迪？

钱先生曾跟我说，他做过一个梦，梦中有一个声音问他："你是谁？你活着还有什么意义？"我问他："梦中是什么人在问你?"他说:"看不到是谁,只听到一个很大的声音。"我想,这是钱理群在问钱理群。

我不敢说,每个人都会在生命的不同阶段听到这个来自内心的声音,但是作为一个有着生命自觉与自省精神的人,84岁的钱理群仍然被这些根本性的问题所搅扰,仍然想知道自己还能成为怎样的一个人,还有怎样的可能性,以及活下去的意义何在。正是这样的灵魂拷问,驱动着钱先生不断地用行动来回答这些问题,从而实现了对自我的超越。

所以这本书又是一本很像"钱理群"的书,因为它一如既往地延续了钱先生作为学者的理性思考、作为知识分子的责任担当。除了真实、坦率、鲜活的个体生命经验,钱先生的视野远远超出他生活的养老院,他捕捉到长寿时代许多尖锐、敏感、需要更多关注的问题,为"老年学"研究开拓了新的视角。

有学术研究作为"根底"的钱理群,总是善于发现问题,并把"问题"转化为"探索"的契机。这些问题,不是来自书本,而是来自真实的老年生活,但是他对它们的思考,又能溢出单纯的个体经验,使其具有更普遍的意义。

让我非常感动的是,钱先生以自己和夫人为例,探讨了老年夫妻的相处之道。

钱先生的夫人崔可忻是一位医生,但是进了养老院以后,在人们心中,她的社会角色、地位,就从"崔大夫"逐渐变成了"钱理群夫人"。对于习惯了用自己的专业能力服务他人的崔大夫来说,这让她很失落。她无数次地问钱先生:这样整天吃吃喝喝,有什么意义?钱先生并没有觉得这是老伴自己的"问题",相反,他认为"人老了,到哪里去寻找与实现自我生命的意义与价值"是他们俩共同的问题,只是自己的文学研究是一种个体劳动,到了养老院反而可以更集中精力、更自由地研究与写作;而医学是一种公共服务事业,离开了医院、病人、研究单位,就没有了用武之地。他支持老伴在养老院寻找、创造自己的"新事业",老伴先后提出了《关于建立泰康养老社区医养结合数据库的设想与建议》、开创了老年医学教育的新模式,并做出了开讲100次的安排,但也许因为太超前,没有得到回应。最后,老伴把对生命意义的追求寄托在发展养老音乐艺术上,钱先生也因此找到了与老伴合作的途径,他在《医学也是"人学"》一文中提出了他们两人共同的理念和设想:"老年人最大的危机,是染上生理与心理的双重疾病;而解脱之道就是医学与艺术并进","以医学人文之光来拓展治病救人的边界"。从此,崔可忻不仅活跃在燕园的舞台上,而且每每到了节日,她都会变身为文艺沙龙的"女主人",邀请大家一起来唱歌、跳舞,结识新的朋友,用钱先生的话说,将吃喝玩乐的日常生活提升为"休闲文化",在此基础上,构建一个"爱的家园"。她的歌声,她的笑容,成为衰老气氛的解除剂,感染了许多老年人,甚至也让年轻人看到"个体生命可以如此充实而光辉,强大而温柔","告诉我们'人的一生可以怎样度过'"。

由此,钱理群总结出养老期夫妻关系的两大特点:一是彼此更加相互依赖,二是更加突出各自的个体性。这需要更大的宽容精神,彼此都要重新认识、承认、尊重对方是一个独立个体,处理好"独居与共居"的关系,不仅在精神上,在生活上也必须有各自的独立空间。

这话从一个功成名就的男性嘴里说出来,还是让我非常感佩的。我也由此想到老年生活与年轻时的不同:一方面,老年夫妻双方黏性更强,在一起的时间更多,也更需要相互扶持;但另一方面,因为人的精神生活是别人所不能替代的,也需要每个人都拥有精神上自足的能力。找不到自己精神寄托的老年人,往往更容易形成对别人的过度依赖,甚至是操控,导致夫妻关系紧张。也许,最好是两个人既有各自的独立性,又有精神上的交叉地带,就像两个圆,如果完全重合,就会令人窒息;如果完全没有交集,又会让人感到孤单。最好是既有交集的部分,也有独立的部分。交集的部分带来信任、稳定和安全感,独立的部分给关系带来灵动、弹性和新鲜感。

再比如疫情期间被封闭于养老院中，钱先生也和许多老人一样，"开始时真像生了一场大病，恐惧、无奈、焦虑、不安"。但是，不想被焦虑所支配的他，冷静下来思考：如何"在时代的纷乱和个人的稳定之间，构成一种矛盾与张力"，怎样"在动荡的年代，获得一份精神的充裕和从容"，这就是"养老人生"的一大课题、难题，但处理好了，"就会成为人生一大艺术和创造。这本身就很有诱惑力"。

这让我立即想到了另一个人，创造了意义疗法的心理学家维克多·弗兰克尔。当他在奥斯维辛集中营里饥寒交迫，痛苦难挨，每一天都不知道是否能活下来时，忽然有一天他脑子里出现了一个画面：他看到自己站在明亮的讲台上，正在给专注的听众讲授集中营心理学！弗兰克尔说，"那一刻，我从科学的角度客观地观察和描述着折磨我的一切。通过这个办法，我成功地超脱出当时的境遇和苦难"，"我和我的痛苦都成为自己心理学研究的有趣对象"。

我想，钱先生也正是因为把疫情带来的困境转化为一个具有哲学高度的课题，一个具有诱惑力的挑战，一件能够给生命带来意义的事情，才能在"日常生活、大自然和历史这三大永恒里，找到了养老生活的新动力、新目标，内心踏实而从容，进入了生命的沉思状态"。

由此我也看到了，面对很多个体无法预料也无法把控的事情，面对老年期身体的衰退，面对不断出现的不确定性，人仍然可以有不同的认识、不同的选择，而寻求与创造生命的意义，仍然是生而为人最重要的精神支柱之一。

老年最大的不确定性就是死亡何时、以何种方式到来。把养老当成学问来研究的钱理群，自然无法回避这个问题，不仅是从学理的层面，更是从现实的层面。先是老伴崔可忻的去世，让他切近地看到了死亡的过程，也看到了面对死亡时崔可忻的选择——放弃治疗，只求少痛苦有尊严地走完最后一程。在此之前看到自己的纪念文集，收拾好家中的东西，一袭白裙登台做"天鹅的绝唱"，为自己选择"远行"时的音乐……钱先生认为，他们这一代人，前半生的最大不幸，就是时代、历史、政治、社会造成的"不能独立自主"的人生缺憾；现在，可忻在"由生到死"的人生最后时刻，却真正独立自主地决定、安置自己的生与死：这是一个象征性的人生根本转折，具有一种"历史性"，真应该格外珍惜。

紧接着新冠疫情来了，无情地夺去了许多人，包括身边熟人的生命。在养老院封闭、足不能出户的四个月中，钱先生直面死亡，做了三件事：整理身后出版的书稿，安置身后财产，为自己的一生做总结，进行自我反省和忏悔。

再后来，钱先生在房间中跌倒后几个小时无力爬起，他认为自己已经进入了直接面对衰老与死亡的生命期。但是，老年探险家钱理群一方面是"感到从未有过的衰弱、昏聩感，不堪承受"，"另一方面，在静静的躺平中，竟然充满了好奇心：到了一生尽头，会发生怎样的生理现象、心理现象？在这背后又蕴含着怎样的社会现象？怎样理解与思考衰老和死亡？我将遇到怎样的仅属于自己的生理、心理困境？我将以怎样的方式应对自己的生命衰竭？个性化的钱理群式的衰老与死亡，究竟是什么样子？这太有意思了，又焕发了我的生命想象力与创造力！"

如果不是看到这段文字，谁能想象一个躺在冰冷木地板上爬不起来的老人，竟能有如此心态，竟能做如此思考？

当然，钱先生对于死亡的认识和思考，绝非从摔倒在地才开始。对他来说，"死亡"是"养老学"的题中之义，他早就开始阅读相关书籍，写下读书笔记，也与包括我在内的许多人进行过交流。他认为，老年人研究生与死，实际是重新回顾、认识自己的一生，更是重塑自己的人生之路。

很多人都问过我一个问题：人到老年还会改变吗？钱先生上述的观点，便是对这个问题的回答：直面死亡，既是对过往人生的回顾，也提供了重塑人生的可能。

钱理群在陪伴老伴走完最后的人生旅程，同时阅读了大量老年学、生死学著作后，称自己对生死有了更系统的认知，他将其总结为八条。从"钱八条"中不难看出他的思辨过程，他逼迫自己思考和回答了诸如灵与肉的关系、是否存在彼岸世界、什么是生命的圆满、是否应该追求不朽、人是否可以死而不亡等根本性、终极性的问题。"钱八条"有着鲜明的个体化色彩，又极富哲理性。

比如他说自己对以下说法持保留态度："生的愉悦与死的坦然将成为生命圆满的标志。"他认为缺少"丰富的痛苦"的"生的愉悦"未免浅薄，缺少"死亡的困惑与沉思"的"死的坦然"也是高度简单化的。对此，我深以为然。当"正能量"之说成为一个否定人类痛苦感情的机制时，"愉悦"也可以变成自欺与表演。回避了痛苦的"愉悦"，实则阻止了生命能量的流动，让人无法去创造真实而有意义感的生活，最终带来的不是"圆满"，而是空虚与遗憾。

追求"不朽"，是人类对抗死亡的方式之一，钱理群对此也持高度的怀疑与警惕。他认定自己至少要拒绝五种"不朽"："永恒实体式"的宗教不朽模式，"尽善尽美，不朽不变"的乌托邦理想模式，"对权力的疯狂攫取"背后的不朽诉求，"不知疲倦地追逐财富"背后的不朽诉求，以及中国传统的"以血缘关系为基础的宗法、伦理、政治一体化"的不朽追求模式。他认定：我们真正追求的，应该是"平凡人生"，是"普通人的生命价值"，即使是"死后"人生意义的文化转化，也应该是有限度，平平常常自然发生和进行的。而死后"突然声名大噪，烜赫一时，又迅速被遗忘"，"正是我所警惕与拒绝的"。

但钱先生还是为自己设计了超越死亡的方式，这就是"个体死亡后的文化转化"。作为学者和老师，他当然很看重"立言"，这也是他近年来"自觉地与死亡赛跑"，马不停蹄地写新书、整理旧著，以"最后完成和完善自己"的动力。他期待人们在他留下的著述中，看到"完整、真实"的钱理群，因为他知道生前不可能呈现"真实而完整的自我存在"。他还在母校南京师范大学附属中学设立了"钱理群、崔可忻奖学金"，"希望我们的人生、学术理念、精神，在学习文科和医学的优秀毕业生那里得到传承"。

面对衰老和死亡，这个叫作"钱理群"的人内心有惶惑和恐惧吗？当然有！书中，他也坦率地谈到了这些。这些恐惧如何化解？我相信和其他的因素相比，也许钱先生内在的力量会帮到他。当84岁的他说出"我现在真的对自己生命的最后一程，充满了好奇心与想象力"时，当他在摔倒之后"突然醒悟：虽然我倒下了，却回归更深维度的自我，成为内在的'人'，呈现本质性的自我存在"时，我知道这个"老年探险家"最终会成为超越者，超越死亡恐惧，也超越曾经的自我，对"我是谁"给出最后也是最独特的回答。

读完钱先生的书稿，我想，我们不必美化老年，虽然许多人到了老年感觉到了前所未有的自由。但如何不辜负这个"自由"，真正活出自己，活出有质量、有质感的老年，这其实既是个体生命的一大挑战，也是整个人类的全新课题——从来没有一个时代，会有这样多人活到"耄耋"。

我们也不必丑化老年，虽然每个人都不得不面对身体的衰老，以及病痛和种种丧失，但在人生最后一段旅程，仍然可以像钱理群先生那样，充满好奇心地活着，真实而热烈地活着，带着对生命的觉察与自省活着，本该走下坡路的老年，最终变成了生命的巅峰。

2023 年 10 月 15 日

自序

直面衰老与死亡

我和老伴崔可忻入住泰康燕园是2015年7月14日。我说过，自己的养老人生是从进燕园开始的，最初只是想让晚年生活得舒服一点儿，并没有更多的想法。但日子一久，就逐渐开始考虑"如何走好这人生最后一程"。老伴说我喜欢"云里雾里胡思乱想"，想多了，就有了一些感悟、认识，不妨在这里说一说。

回顾自己一生已经走过的路，自然会有一些美好的记忆，但总觉得有许多遗憾，让心有不安和不甘。记得梁漱溟先生说过，人活在世界上，就是要处理三大关系：人与自然的关系，人与人的关系，以及人与自己内心的关系。我（或许还有我们这一代人）恰恰就在处理这三大关系上出了问题。

在很长时间内，我们都热衷于"与天斗""与地斗""与人斗"，还没完没了地"与自己斗"。这七斗八斗，就把人与人的关系、和大自然的关系，以及和自己内心的关系，弄得十分紧张、别扭，实际是扭曲了自己的人性与人生。我和老伴经常感慨说，我们这一辈子实在是活得"太苦太累，太虚太假"了。如果不抓住进入老年这一最后时机进行弥补，就实在太亏、太窝囊了。这样，我们的"养老人生"就有了一个目标：要恢复人的本性、真心、真性情，取得和自然、和他人，以及和自己内心关系的三大和谐，由此调整、完善我们的人性与人生。

于是，我就给自己的养老生活做了这样的安排：闭门写作，借以沉潜在历史与内心的深处，将自己的精神世界升华到更广阔、自由的境界；每天在庭院散步，不仅是锻炼身体，更是欣赏草木花石、蓝天浮云的自然美，而且每天都要有新的发现，用摄影记录下自己与自然相遇时的瞬间感悟；同时尽量使自己的人际关系单纯、朴实化。所有这一切的安排，最终要回到自己的内心，追求心灵的宁静、安详。这才是我们所追求的养老人生理想的核心与关键。

我想起20世纪80年代所倡导的"三宽"：我们的生活与内心都应该"宽松"，对周围的世界和自己都要"宽容"，更要"宽厚"。有了这"三宽",就可以避免一切不必要的矛盾与冲突,我们的晚年也就能进入一个宽阔而自由的天地。

老年人遇到的最大也是最后的难题,自然是如何面对"老、病、死"的问题,这是不必回避的。我自己也是因为老伴的患病而和老伴一起做了严肃与艰难的思考。"老、病、死"是每一个人迟早要面对的人生课题,不必消极回避,也不必紧张恐惧,要"看透生死,顺其自然"。患了病,哪怕是重病,也应积极治疗;但一旦患了不治之症,就不必勉强治疗,不求延长活命的时间,只求减少疼痛,有尊严地走完人生最后一段路——我们不选择"好死不如赖活",而选择"赖活不如好死"。我们一辈子都追求人生的意义,这就要一追到底,至死也要争取生命的质量。独立而坚强的可忻,更做出了"消极治疗,积极做事"的选择,赶在死神之前,做完自己想做的事,并且亲自打点身后之事,把最后的人生安排得尽可能完善、完美,将生命主动权始终牢牢地掌握在自己手里。可忻的选择得到许多人的尊敬,大概不是偶然的。

2023年是我养老人生的一个转折点

从2022年12月到2023年3月,因疫情缘故我被封闭在家里，足不出户，做了三件事：整理身后出版的书稿；安置身后财产；做自己一生的总结，进行自我反省和忏悔。

4—7月上旬，我先后参加了：理想国在北戴河召开的我的第100本书——《中国现代文学新讲》发布会；北京大学中文系、北京大学现代中国人文研究所和中国现代文学研究会联合举办的"钱理群学术思想暨中国现代文学研究"学术讨论会；南京师范大学附属中学"钱理群、崔可忻奖学金"颁奖大会；以及安顺市政府主持的《安顺文库》发布会，"天下贵州人"活动组委会主办的"关于贵州地方文化开发与研究的思考"讲座。在与现代文学研究界各代学人做了深入的学术讨论之外，还特别与"90后""00后"有思想追求的年轻一代做了广泛的思想交流，也可以说是精神传递吧。

7月12日，我从安顺回到燕园养老院住所，意识到自己的社会责任基本尽到，历史使命也基本完成。打个比方说，在人生赛马竞技场上，我已经冲到尽头，并得到了学界与社会的相应评价；但到达终点后，也不会马上止步，在全身心安全停下之前，还有一段慢跑。

没有想到，17天以后，刚刚喘过气来的我，又横祸天降。在7月29日中午和7月30日凌晨3时半两次滑倒在地。虽然身体没有受伤，却浑身筋骨酸痛，一蹶不振了。"变老"的大洪水淹没了一切，意味衰老与死亡迫面而来。

一方面，我感到从未有过的衰弱、昏聩感，不堪承受；另一方面，在静静的躺平中，竟然充满了好奇心：

> 到了一生尽头，会发生怎样的生理现象、心理现象？在这背后又蕴含着怎样的社会现象？
> 怎样理解与思考衰老和死亡？
> 我将遇到怎样的仅属于自己的生理、心理困境？我将以怎样的方式应对自己的生命衰竭？
> 个性化的钱理群式的衰老与死亡，究竟是什么样子？

这太有意思了，又焕发了我的生命想象力与创造力！

我突然明白：衰老意味着自我身份、标识的消失，就需要寻找、建构新的自我。进入生命最后阶段，我的身份、标识是什么？我是干什么的？我是谁？答案因人因时而异，这正是最吸引我之处。

我要继续做一个"老年探险家"。于是，就有了我关于自己最后人生的两个设想。

设想一："活力养老"最后的闪光发亮

首先是从2023年到2027年，84岁到88岁的"米寿"，或许延长到2029年的90岁，我期待有一个"静养、读书、写作"期，即所谓"活力养老"的最后闪光、发亮：在静养、维护身体健康为主的前提下，将读书、写作、学术研究的方向，转向"追问人性、国民性，探讨老年人生的生与死的本质"，最后回归生命的本真状态，呈现完整、真实的自我。

我想到做到。从7月29日摔倒后的一个月，我集中阅读了9本关于养老、死亡的作品，并做了详尽笔记。

从2019年和老伴共度生死开始进入"养老学"研究领域，到了2023年，整整4年以后，我把自己的生命也投入进去，这将是一个更深入、广阔的新天地。现在所能写下的，仅是我初步的思考。

这是一个前所未有的"新时代"：生育率下降，老年期延长，人的生命历程产生巨大变化，人类进入了长寿时代。

国家卫生健康委老龄健康司司长王海东表示，截至2021年底，全国60岁及以上老年人口达2.67亿，占总人口的18.9%；65岁及以上老年人口达2亿以上，占总人口的14.2%。据测算，预计"十四五"时期，60岁及以上老年人口总量将突破3亿，占比将超过20%，进入中度老龄化阶段。2035年左右，60岁及以上老年人口将突破4亿，在总人口中的占比将超过30%，进入重度老龄化阶段。（人民网）

应该说，中国、世界，以至全人类，对老龄化时代所带来的问题，都缺乏思想准备。整个社会陷入不知所措或无所作为的困境，而身处其中的老年人，则陷入惶惑甚至恐惧之中。这似乎都是可以理解的。

难道老龄化仅仅带来危机，没有出现生机？

长寿时代，会不会给我们这些老年人带来生命发展的新的可能性？

我认为，恰恰是长寿时代改变了老龄人生的既定道路与命运。

在传统中，人生分三个阶段：学习—工作—养老，是一个不断走向衰亡的过程。在这样的人生逻辑里，"养老"就是"等死"。但长寿时代的老人，寿命的延长，也同时意味着身体与精神的延伸，劳动参与率的提升。这样，就有了重新"学习"与"工作"，重新创造物质与精神财富的机遇，甚至有了继续大有作为、中有作为，至少是小有作为的可能。

同时，因为处于前所未有的高科技时代，老年人智力的意义与价值就更加突显出来。我想过这样的问题：我的学术研究是机器人能替代的吗？有的基于理论与史料的研究，可能机器人也能做；那些基于个人人生经验与渗入个体生命体验的研究，就很难被取代。

这样与当下、现实联系密切的学术研究，再加上个人主体性的介入，恰恰是我的主要追求，也是优势所在。老年人有丰富、复杂的人生阅历和生命体验，在新科技时代的人文学科的研究领域，会激发出特别的生命活力：在机器人的挑战下，高智商的老年人弥足珍贵。

老年人的智力、创造力，绝不能低估。以我自己为例，从2002年63岁退休，到2023年84岁，20年来我始终处于思维的活跃状态，而且不断趋向高峰。有学生统计说，我的三分之二的著作，都写在退休之后，始终保持在高水平。

据研究者分析，人的智力分"晶体智力"（知识，理论）和"流体智力"（人生经验，生命体验，想象力与创造力）两方面。一般说来，越到老年，就越趋于保守研究。这是因为流体智力不足，也没有勇气与智慧否定、超越自己，还有的老年人落入"成功人士"陷阱，醉心于各种应酬并从中获利，而无法坚持寂寞中的独立研究。我的老年期研究，也有主要依靠晶体智力的，偏于揭示研究对象的复杂性的一面；但更多的是仰仗流体智力，满怀好奇心开发自己的想象力，自觉追求老年学术的"创造性顶点"。

可以说，正是在2022—2023年，我的思维活跃度，想象力与创造力都达到了顶峰。现在，突然摔倒在地，我的第一个想法，就是希望自己在进入衰老、死亡期的最初阶段，至少在"88米寿"之前,还能保持思维的相对活跃,还能想象、创造,开拓思想与学术的新未来。

设想二:进行"我是谁"的追问

在《九十岁的一年》里,我读到了这样一句话:

> 为了你,我已摆脱了自我
> 不戴面具地践行生活……
> 即我内心最深处的那种生活。

我眼一亮,心一动:这真一语道破了老年人生的本质!这也是我的"养老学"思考和研究的核心。

我在很多文章和讲话里都一再提到,作为一个人,特别是中国人,我们一直是"戴着面具"的:从童年、少年接受学校教育,就开始学会"听话";到了青年、中年、老年阶段,成为社会的一员,你的职业、身份、地位无形之中也成为一个卸不下的面具。你能说什么,做什么,都有规定,绝不能越轨。实际上,每个人都是一个"群体性"的、"我们"式的存在,而不是个体性的"我"的存在:内在的自我始终处在被遮蔽、压抑，不被承认，以至自己也不知晓的状态。

现在老了，退休了，脱离了单位，成了养老院里的一个普通居民，没有头衔、身份、地位的老头、老太。直到此刻、现在，你才可以摆脱你原有的存世身份，自由、放开地活着，开始倾听你内心深处的声音，让你本质性的存在显现出来，由单一的自我变成多重自我，成为"你想成为的人"，这才找到了独一无二的自我。

这不仅是一个重新寻找、发现与坚守的生命过程，更包括自我人性的重新调整——我们这一代在"与天斗，与地斗，与人斗，与自己斗"的历史博弈中忽略了对自己人性的关怀。除此之外，还要有人性的新发展——把自己曾经有过，却阴差阳错没有实现或没有充分实现的兴趣、爱好、向往发掘出来，把自己的最大潜能发挥尽致。重建了自我，生命因此有了一种新的存在形态。有了老年人生的回归与重建，尽管步履蹒跚，却成了"超越性的老人"，这就是"老中的不老"：虽然衰弱了，失去了很多，但人性超越了。

于是，我突然醒悟：虽然我倒下了，却回归更深维度的自我，成为内在的"人"，呈现本质性的自我存在。这样，我也就可以坦然回答"我是谁"这个人生的根本问题。这样的追问，从青少年开始，到了年老临终，才会有一个完整、可信的答案。

这就是我在生命最后阶段的责任与使命：进行"我是谁"的追问。

首先，这是一个"连自己也说不清"的，"远比人们描述中、想象中的'钱理群'要复杂得多"的钱理群。我在《钱理群的另一面》的"后记"里这样写道：

> 说我"激进"，其实在生活实践中，我是相当保守、稳健，有许多妥协的；说我是"思想的战士"，其实我内心更向往学者的宁静，并更重视自己学术上的追求的；说我"天真"，其实是深谙"世故"的；说我"敢说真话"，其实是欲说还止，并如鲁迅所说，时时"骗人"的。
>
> 人们所写的"我"，有许多反映了我的某些侧面；但同时也是他们心中的"钱理群"，或者说是希望看到的"钱理群"，有自己主观融入的"钱理群"。客观、真实的钱理群，是多元的，且相互矛盾的。

这是作为社会性、时代性存在的钱理群：生活在现行体制下，在与体制的周旋中生存下来，又维护了自己精神的独立与自由，又有冷静、克制，进行一定妥协的理性。永远不满足现状，是永远的反对派，永远站在平民立场，永远处于体制的边缘位置,又具有一定的社会影响,属于鲁迅说的"真的知识阶级"。

这是忧国、忧民、忧世界、忧人类、忧自己、忧自然、忧宇宙,忧过去、忧现在、忧未来的钱理群。越到晚年,越感到"无穷的远方,无数的人们"都与自己有关,时刻不忘"脚踏大地,仰望星空","想大问题,做小事情"。

这是坚持老年理想主义与老年现实主义的钱理群。人们称他为"当代堂吉诃德",又有越来越浓重的"哈姆雷特气"。钱理群"永远走在鲁迅阴影下",固执而执着地以思想家鲁迅的思想为自己的精神资源,并且自觉承担将鲁迅思想转化为当下中国,特别是年青一代精神资源的历史使命。这是牢牢把握自己的"历史中间物"定位的钱理群,因而不断质疑、反省自我。

这是沉湎于"一间屋,一本书,一杯茶",永远胡思乱想,又喜欢在客厅里高谈阔论、胡说八道、畅怀大笑的钱理群。

这里还有一个作为个体的存在,个性化的钱理群。自称"自然之子"的钱理群,说自己"本性上更接近大自然。只有在大自然中,才感到自由、自在和自适。处在人群中,则经常有格格不入之感,越到老年越是如此"。

即使是旅游，我对所谓人文景观始终没有兴趣，我觉得其中的虚假成分太多。真正让我动心的，永远是那本真的大自然。这样的类似自然崇拜的心理，还有相关的小儿崇拜，其实都来自"五四"——我承认，自己本质上是"五四之子"。（《钱理群的另一面》）

还有一个永远保持童心的"老顽童"钱理群。我和同为养老院居民的儿童文学家金波合作写了一本《我与童年的对谈》，就说"中国有两个成语，最适用于人的晚年，一个是返老还童，再一个是入土为安"，但又不是简单地回到童年，其中有老年的阅历与智慧。"把老年的智慧和童年的真诚结合起来，实际上是一种（生命的）提升"。我最看重的"童心"，就是"对未知世界的好奇心，对万事万物本能的直觉反应，不受任何拘束和限制的想象力：这都是儿童的天性"。我这一生，最大的特点、优势，就是任何时候，特别是人生每一个重要转折点，都保持与发扬儿童天性，对未来充满好奇心、想象力，也就有了不竭的创造力。

这是焕发艺术天性的钱理群。"我经常关注千姿百态的建筑物在蓝天、白云、阳光映照下所显示的线条、轮廓、色彩等形式的美"，"连续拍摄了好几张'风筝飘浮于晴空中'的照片，意在表达我内心的'蓝色'感：那么一种透亮的、饱满的，仿佛要溢出的，让你沉醉、刻骨铭心的'蓝'"(《钱理群的另一面》)！我就是鲁迅笔下的"腊叶"："在红，黄和绿的斑驳中，明眸似的向人凝视"(《野草》)。

钱理群还是天生的表演艺术家。从小就喜欢唱京剧；小学五年级还因为在上海市小学生演讲比赛中得了奖而被电影厂看中，在《三毛流浪记》里扮演了"阔少爷"的角色；后来又参加少年儿童剧团，为1949年刚进驻上海的解放军做慰问演出；20世纪50年代在南师附小和南师附中读小学和中学，都是学生剧团的头儿，自编自导自演《我是流浪儿》《二十年后》等话剧；60年代在贵州教书期间，还担任话剧《年青的一代》《千万不要忘记》的主角；90年代成了北大教授，还在百年校庆组织编写、演出话剧《蔡元培》。这样的表演习性也渗透到教学工作中：十分重视"朗读"在中小学语文、大学文学教育中的作用。我的上课也具有表演性，很有吸引力。更重要的是，这样的表演性也渗透到我的思想、思维方式中，我喜欢做"大概括，大判断"，就具有某种"夸张"的成分。也因此被批评为"不严谨"，从另一个角度看，也不失为一个特色，以至优势。直到2023年出版的《中国现代文学新讲》还是一部"有声音的文学史"，附有我朗读现代诗歌、小说、散文、戏剧作品的录音：这样的学术与表演艺术的结合，确实是属于钱理群的。

于是，又有了"卸下面具"的钱理群。2005年66岁生日那一天，在老伴崔可忻协助下，我有意做了一次"表演"，也是晚年最后的"演出"：拍下一组"怪脸相"。"用夸张的方式，表现平时受压抑的一些内心情绪。自由地故作歌唱、惊喜、痛苦、幽默、欢乐、作怪、调皮、悲伤、沮丧、谄媚、高呼、沉思状……"，"这背后自有一种真性情"（《钱理群的另一面》）。也可以说，这是人到晚年，对自己隐藏、遮蔽的内心世界的一次逼视与透露，但却是以一种夸张的表演来显示。世人看了，不禁哑然一笑。这正是我有意留下的"最后形象"："这是一个可爱的老头儿"。"这背后有几层意思：一是真诚——但有点儿傻；二是没有机心——但不懂世故；三是天真——但幼稚；四是永远长不大，是个老小孩儿"。"因此，'可爱的人'也是'可笑的人'"（《脚踏大地，仰望星空：钱理群画传》）。

终极理想：超越性

正当我热衷于总结自己一生，思考"我是谁"，将自我现实理性化、抽象化时，我读到了《临终心理与陪伴研究》，又猛然惊醒：我这样理性思考、总结"我是谁"，当然很重要，也很不容易；但如果因此将自我现实凝固化、绝对化，也预伏着很大的危险。

据相关学者的调查、研究，老年人到了生命的临终时刻，"身体失去更多的功能，自我也愈加无力维持它所建立的秩序，而病人也同时感觉他好像不再是'原来的自己'"，随着"自我现实一层层的褪去"，人的意识就"从自我现实的意识转化到超个体的整全意识"。既回归个体生命的内在自我，又融入宇宙大我之中，"与神圣领域缔结，与他人发展前所未有的亲密，宛若个人返回母亲的怀里"，就进入一种有别于自我现实的，研究者称之为的"灵性生命状态"："从原来繁杂的人间世事中脱离了出来，用灵魂去看见每一件事情，而每一件事都没有必须说出的意义"，只是"带着慈意，专注着、微笑着、珍惜着"。"死亡不仅在生理机制上提供完善的归途，与这个机制相伴的精神领域也提供完善终结"，"每个非猝死临终的人应该都会经历最后的'良善'时刻"。这大概就是人们所说的"寿终正寝"吧。

但这样的临终过程又是相当"个人化"的。宁静、安然之外，也会陷入空虚、焦虑，甚至突然出现"怪异"。更多的是同时包含宁静与骚动，心碎与幸福，冷酸与温暖，摄取与给予。（以上讨论见《临终心理与陪伴研究》）

在看清楚这样的生命归宿以后，我也做出了自己的选择：

认清"我是谁",又不能将现实存在的自我终极化,而是要在面临不可避免的衰老与死亡时,迅速地从自我现实中撤离出来,让本心臣服于自然的生死流转,进入生死相通的濒临状态,从而获得新的灵性生命。

平静、安适、谐和,自有一种超越性的感受。这大概就是我的养老人生最终的理想与目标了。

2023 年 8 月 27 日 完稿

01 我的深情为你守候

"我的深情为你守候"

| 《我的深情为你守候：崔可忻纪念集》代序

2015年7月，我和可忻住进养老院，生命进入"晚年"。进养老院是我们共同的选择，最后是可忻下的决心，就是考虑到我们两人中总有一人先走，留下的将如何度过余生，我们需要一个相对安全、生活有保障的栖息地。

而一进养老院，就意味着我们将面对"老、病、死"这三大人生最后的难题。

老实说，在此之前，生活在原来的圈子里，天天和中青年朋友来来往往，我们并不觉得自己"老"；但进了养老院，身处与世隔绝的环境中，周围全是步履蹒跚的老人，心态就逐渐发生微妙的变化，感到自己真正地老了。于是，就开始思考：

如何安排老年生活？应该说这是有现成的答案的：健康地、快乐地活着，即所谓"开开心心过好每一天"。这也是我和可忻都乐意接受的：辛苦一辈子，老了老了就该什么也不管不问，享享清福了。但我们似乎又不甘心于仅限于此，我们在"健康地、快乐地活着"的同时，还期待"有意义地活着"。

在我们看来，人之"幸福"不仅是身体的健康，更有在为社会、他人服务中感到生命存在的意义而产生的精神的充实与愉悦。我们这一代人，都有极强的事业心，我们从不把自己从事的专业工作，仅仅看作谋生的手段，而是当作自己可以为之献身的事业，全身心地投入，并乐在其中。

我的文学研究、可忻的医学，最后都融入了我们的生命，须臾不可离。现在退休了，离开了工作岗位，如何延续我们的事业，就成了一个大难题。我要解决这个问题相对容易，因为我的文学研究是一个个体的劳动，只要有"一间房，一堆书，一支笔"就可以进行，进了养老院，外在干扰减少，反而可以更集中精力，更自由畅快地写，更为充分地实现生命意义与价值。但可忻的医学是一个公共服务事业，离开了医院、病人、研究单位，就没有了用武之地。这就使可忻陷入了生命的困境。按说，进了养老硬件相当不错的养老院，一切都有人照顾，真正是衣食无虞，而且没有后顾之忧，应该心满意足了；但我们，特别是可忻，却总觉得失去了什么，心里不踏实。她无数次地问我：这样整天吃吃喝喝，有什么意义？"活着的意义是什么？人老了到哪里去寻找与实现自我生命的意义与价值"就成了一个我们俩，特别是可忻为之焦虑不安、苦苦探索的问题。而且我们深知，这样的追问具有极大的个人性；因为对许多人来说，这不是个问题：活着本身就是一种意义。有的人甚至会认为，这样的追问多少有些自作多情，我们也不想辩解。我们承认，这样的问题是我们自己的人生经历和人生哲学（包括幸福观）所决定的，它不具有普遍意义，而且只能由我们自己面对并解决，本也不足以对外人说。但我们也不想掩饰自己的孤独感。我因为相对容易解决这一问题，而对陷入困境的可忻多少有些歉意：我理解她的痛苦，却完全无能为力。

可忻习惯于自己的问题自己解决，而且她有极强的行动力：她从不为抽象的忧思所困扰，总是从现实生活的实践里找到出路，她的办法是到医学发展的前沿里寻找自我实现的新的可能性。她通过网络搜寻，得知北京大学成立了健康医疗大数据中心，对相关材料进行了认真的研究与分析以后，立即敏感地察觉到，中国的科学技术、经济、社会发展，包括她心爱的医学，将进入大数据的时代，正面临着新的挑战和前所未有的历史机遇。她突然发现了一个可以施展身手的新天地。说干就干，她立刻制定了一个《关于建立泰康养老

社区医养结合数据库的设想与建议》(以下称《设想与建议》),并做出了详尽、具体的规划,提出了四大项目与指标:

  1.通过基本情况调查表、健康情况调查表,建立相应数据库,可对入住居民有一大致的了解并可得出数据性描述;

  2.通过健康风险评估和患病情况(包括诊断和治疗)调查表,初步分析常见疾病的发病率,对慢性疾病患者建立档案,定期随访。这就为以后选择性地对几种老年性疾病(如高血压病、前列腺增生、牙齿脱落、心律不齐、心绞痛等)做分析研究提供基本数据;

  3.通过老年人生活满意度调查表、心理健康评估调查表、膳食营养调查表,了解燕园老人心理健康、膳食营养等现状,使医养结合更科学地向前发展;

  4.估计通过1~2年的工作,可将一定数量的数据提供给泰康其他园区参考,做相应的数据分析与研究,条件成熟时可以举办相应的学术研究讨论会,写出相关研究论文与著述。也可以在泰康博客、网页、印刷品和出版物使用,成为以后要逐渐建立和完善的养老文化的有机组成部分。再经过若干年,或许可以争取加入健康大数据行列。现在的事是要从基本的数据库做起。

在我看来，可忻的这一选择与设想，很能显示她的思维特色和研究风格：既有开阔的大视野，具有前瞻性——不仅是敏锐、及时地抓住了大数据这一前沿课题，而且对构建"养老医学"和"养老文化"也有超前的把握；又细致入微，具体落实，具有极强的可操作性。同时还展现了她的承担意识：《设想与建议》明确提出，她自己作为项目业务负责人，将"全面负责方案设计、数据收集、计算机录入、数据的提取与运用等几乎全部技术操作"工作，只要求配备一名业务助理，提供"一间房，一台计算机及简单用品"。看来，可忻是准备全身心地投入养老医学事业，以此作为她的养老生涯的主要内容。

这本身就是一种全新的开创，我们都为之兴奋不已。但我们还是太天真，过于超前了。当时，几乎无人真正理解其重要性，遇到点儿实际困难，就被束之高阁，最后不了了之。这是我们养老生活遇到的最大挫折。在可忻重病时，谈起此事，还是唏嘘不已：如果当年真的起了步，到两三年后的今天，泰康社区医养结合数据库就有了一个坚实的基础，可以放心地交给接班人了。

但可忻却不会因为遇到挫折而"善罢甘休"，她很快就又找到一个新的用武之地。她在和社区居民的接触中发现，老人们普遍都对医学知识有浓厚的兴趣，甚至有强烈的渴求。但每回看病，医生三言两语就给打发了，老人对自己的病一肚子"糊涂账",只能稀里糊涂地一切听命于医生,处于完全被动的状态,有时还因此生出许多疑虑、惊惶、恐惧,也容易病急乱投医,听信各种医疗假新闻,上当受骗。面对这些老年医疗乱象,可忻立即敏锐地提出,必须在养老院里开展老年医学教育,不是偶尔随意开几个讲座,而要有总体的规划,针对老年人的特点与需求,进行系统的医学知识普及:它是一个包括所有医科(外科、内科、牙科、妇科等)在内的全科教育,特别注意各种疾病的内在联系;它以医学知识为主,但也涉及医学心理学、医学社会学、医学伦理学、医学哲学等多学科的相关知识;它注重知识的讲授,更注意结合临床经验,提供具体的医学常识;它关注老人在就医中的疑难问题,用老人容易接受的语言和方式,和老人一起讨论交流;它还有针对性地提供国内外医学研究、实践的最新成果;等等。这样的设计,显然总结和吸收了可忻长期进行医学教育的经验,更有极强的创新欲求和意图,就是要开创一个不同于以往学校与社会医学教育的、适应于养老社区的特殊对象的特殊需求的老人医学教育模式,成为养老医学、养老文化的重要组成部分。可忻愿意为之奉献:她收集了几乎所有的医科教科书,特意购买了一台笔记本电脑,制订了一个详尽的教学计划,准备开讲100次。这样,她的养老生活就充实而有意义了。但她这充满理想色彩的勃勃雄心,还是在现实面前败退下来，又留下了永远的遗憾。

最后，可忻把对生命意义的追求寄托在了音乐上。在我看来，这依然延续了她对医学的关注和关爱，只是深入到了一个新的领域，即医学与艺术的关系。可忻以极大的心血灌注于养老社区燕园的歌唱事业，那时她常常和我一起讨论：音乐对于养老医学、养老文化的意义和贡献。

我曾经写过一篇《医学也是"人学"》的文章，虽然重点是在讨论"鲁迅与医学的关系"，是从自己的专业出发的；但也专门讨论了"医学和文学艺术的关系"，这背后显然有可忻的影响，在某种意义上可以说是代表了我们共同的思考。文章谈道：

> 医学与文学艺术都面临同一个对象：人。这看起来是个常识，却很容易被忽略：文学家往往热衷于直接表达思想，讲故事，忽略了写人；医生却常常只见病，不见人。
>
> 医学和文学艺术的对象，都是个体的生命。文学艺术最应该关注的是区别于他人的"这一个"的特殊命运、思想、情感、性格；医生所面对的是一个个具体的病人，同样的病，在不同病人的个体身上会有不同的表现和特点，需要我们对症下药。但可惜在我们现在许多医生的眼里，病人不是活生生的个体，而是某一类型的疾病患

者，往往按类型的医疗惯例开药。

鲁迅以"诚与爱"之心，去从事文学，看待医学。由此可见医学与文学艺术更为内在的一致。诚与爱，是最基本的伦理底线，也是医生和文学艺术家素养的基本。

文章同时引述鲁迅的论述：科学本质上是一种"人性之光"，因此特别要警惕"唯知识之崇"，避免陷入科学崇拜、技术崇拜。医生对病的诊断与文学艺术的创造一样，也需要有"建立在多年积累的丰富经验基础上的直觉与灵感，需要医学想象力"。

文章还谈到医学与文学艺术的不同，以及由此产生的互补性：

> 同样面对人，医学面对的主要是生理、身体上的病人，而文学艺术面对的更多的是健康的人，或者说是更全面也更复杂丰富的人。
>
> 医生天天面对的是人的病态，医院里充斥着"病"（病态，病痛）的氛围与气息。长期沉浸其中，不但会影响医护人员的心境、心情、心理，而且也容易造成对人性的阴暗看法，这就需要文学艺术的补充……文学艺术的魅力就在于永远能够吸引人走向真、善、美的境界。

为什么许多老医生、成功的杰出的医生，都有阅读文学作品、欣赏音乐和美术的业余爱好，不仅是为了陶冶性情，舒缓职业性的疲累感，更是为了坚守对人性的真、善、美的信念与追求。

这也会产生一个问题：如何营造一个更为健康的，不仅是医学的，更充满人文气息的医院环境与氛围？

这个问题同样存在于养老院：居住其中的都是身患各种疾病的老人，在某种意义上甚至可以说，养老院就是一个"大病房"，它天生地容易滋生生命的压抑感、无力感、绝望感。我们不必回避，老年人最大的危机，就是染上生理与心理的双重疾病；而解脱之道就是医学与艺术并进。我和可忻由此而认为，让养老院充满歌声，不是简单娱乐，而是关乎养老院的本分、本质：养老院就应该是一个大音乐厅，是集真、善、美于一身的精神家园。发展老年音乐事业，是建造养老医学、养老文化的一个重要环节。

文章写到这里，我突然在报纸上看到一条消息：2019年3月，上海召开了"肿瘤治疗艺术高峰论坛"，许多中国医学名家谈肿瘤治疗的医术与艺术，强调"医学人文的回归，是对生命的尊重"，明确提出了"今时今日，我们当如何看待肿瘤？是信奉'技术至上'，还是承认医学技术的局限，以医学人文之光来拓展治病救人的边界?"的问题,并且引述了一句名言:"我要牢记,医学既是科学,又是艺术。温暖、同情和理解,可能比手术刀和药物更为有效。"

这和我们提出的"医学是人学",可以说是"想到一块儿"了。我们都敏锐感到了自然科学、社会科学与人文科学相互渗透、融合发展的趋势,一个医学和艺术相结合的时代即将或已经到来。可忻试图在养老院里来实现医学与艺术的结合,可能又是一个新的开创。与她之前提出的建立养老社区医养结合数据库,有计划地开展老年医学教育的设想,则有内在的相通,都是建立养老医学、养老文化的自觉尝试,并希望由此而找到一生献给医学的自己晚年生命的意义,尽管最终未能实现,但毕竟做了努力,挣扎过了,即所谓"屡战屡挫,屡挫屡战",这本身或许就是一种"意义"吧。

****

2018年8月我和可忻几乎同时得了癌症。先是我在体检中发现前列腺癌症病灶,随即到北大医院做穿刺检查,找到了癌细胞,最后确诊;接着可忻感到胃疼,血糖也突然增高,这实际就是胰腺癌的病兆,但当时没有想到,只当胃病和高血糖病治疗，耽搁了时间。

不管怎样，我们俩都直接面对了疾病与死亡。

应该说，我们对此是有思想准备的。老实说，我们当初选择养老院，就是预感到这一天迟早要到来，必须未雨绸缪。而且我们家有癌症遗传基因，我的几位哥哥、姐姐都因患癌症而致命。我进养老院，没日没夜地拼命写作，就是要和迟早降临的"肿瘤君"抢时间。因此，当我看到穿刺结果检查报告，第一反应就是"幸亏我想写的都已经赶写出来了"。我在当天（2018年8月20日）日记里这样写道：

> 多年来一直担心得癌症，现在这一天还是来了。虽然不见得是绝症，但确实是我住院时预料的那样：我的人生最后一段路，终于由此开始了。
>
> 今后的人生就这样度过：尽人事，听天命；或者说是一切顺其自然。
>
> 其实，我也应该满足了——想写的，都写出来了；想做的，都做了。
>
> 看透生死，就这样"不好不坏地活着"。
>
> ——这些，都是这些年，特别是进养老院以后一直念叨着的话，现在也写出来了。

这些话我并没有对可忻详细说——我们早已无数次讨论过，自然不必多说。其实，我们进养老院就已经想透两点——钱和生死：钱该花就花，要把自己晚年生活安排得舒服一点儿，我们不惜卖房子住进养老院，就是看穿了这一点；再就是活到了80多岁，多活几年少活几年，已经无所谓了。因此，我们在家里总是聊生呀死呀的，没有任何忌讳。这样，死的威胁真的来了，反而十分坦然、淡然，像没事似的：我照样写自己的文章，可忻还是唱她的歌。

到了10月底，可忻突然胃痛，背脊疼，吃不下饭，人也变得消瘦：我们这才感到问题的严重。我再也写不出一个字，可忻则苦苦思索问题出在哪里。她根据人体器官位置的知识和医学经验，突然想到：是不是患上了胰腺癌？于是，当机立断，找到了我们的老朋友、北大肿瘤医院的朱军院长，提出进行PET-CT全身检查的要求。

尽管这样不按正常检查秩序进行的越规计划，让朱院长有些吃惊，但他仍然迅速做了安排，而且在检查当天，就直接从检查室取出结果，从网上发给了可忻：果然发现了胰腺癌的病灶！可忻也当即做出判断：她得了不治之症，"上天"留给她的时间不多了！

尽管我和可忻对"最后的结局"早有精神准备，患上胰腺癌还是万万没有想到的。不过，可忻很快就镇静下来：既来之，则安之，一切积极、从容应对吧。于是，就有了一系列的检查，不断出入于医院，各方求诊，奔波了两个月。最后果如所料，胰腺癌已经种植性地转移到了腹腔，到了晚期——我们真的要直面死神了！

如何度过这最后的岁月？我和可忻没有经过什么讨论，就不约而同地做出选择：不再治疗，不求延长活命的时间，只求减少疼痛，有尊严地走完人生最后一段路。这是在向传统观念"好死不如赖活"发起挑战，我们反其道而行之："赖活不如好死"。我们一辈子都追求人生的意义，至死也要争取生命的质量。

可忻不仅为自己制定了"消极治疗"的方案，更要利用这最后一段时间"积极做事"：她要赶在死神之前，做完自己想做的事，并且亲自打点好身后之事，把最后的人生安排得尽可能地完善、完美，将生命的主动权牢牢掌握在自己手里。她说干就干，连续干了四件大事，完全出乎我和所有亲友、学生意料。

2019年1月22日，可忻到协和医院检查，发现了胰腺癌细胞种植性转移。第二天，她突发异想，要在五天后的社区春节联欢会上做"告别演唱"。我虽然表示支持，并立即与院方联系，获得同意，但心里直嘀咕：她身体吃得消吗？果然，第二天晚上，她就疼得睡不着觉，之后连续两天都到康复医院输液四小时。到了第五天，可忻坚持要去参加彩排，勉强唱完就疼痛得不行，赶紧吃吗啡药。1月28日社区春节联欢会那天，她已经不得不住院治疗，从上午输液到下午1点，来不及喘口气，就回到住所换服装，稍稍练练声，在4点钟登上联欢会的舞台，做"天鹅的绝唱"。知情者都感动不已，我心里却有些感伤：可忻的一生要就此结束了。她要高歌一曲《我的深情为你守候》向她心爱的医学告别，向所有爱她的人告别，更要用视为生命的音乐来总结自己的人生，留下一个深情、大爱，有坚守、有尊严的"最后形象"。可忻精心设计的高雅服饰，让我想起她的母亲也是在晚年不愿让人们看见她的病容老态而拒绝一切来访者——她们都要将一个"永远的美"留在人世间。

当天晚上，可忻又是疼痛得一夜难眠。用药后稍有缓解，可忻又提出一个新的计划：趁着自己还有点儿力气，头脑也还清醒，要把家里自己的东西全部清理一遍，该处理的处理掉，该送人的送人，该留下的留下。她要干干净净、清清爽爽地离开这个世界，不遗留任何麻烦事给家人。我知道，这当然是为我着想，为之感动不已；但这等于要把她精心经营的整个家倒腾一遍，她做得到吗？

可忻不想这些，只管立即动手，住进医院第四天，就坐着轮椅回家清理。除夕夜又回家翻箱倒柜到深夜。由此开始，整整忙了两个月：开始是自己回家指挥儿子、女儿、女婿和学生清理；到后来身体日趋虚弱家也回不了了，就让大家把家里的衣物、光盘、书籍、研究论文笔记等，陆续搬到病房，自己忍着疼痛一一过目以后又搬回去。如此硬干、拼命干，到3月20日居然全部清理干净。我四顾一切都规规整整的屋子，突然感到可忻的强大存在：她永远关照、支撑着这个家！

可忻还要亲自安排自己的后事。她一再叮嘱我：千万不要开追悼会、写悼词、献花圈，告一个别就可以了。有亲友、学生如果还想见见我，就到我的住房来，看看我留下的著作，我珍爱的光盘，听听我唱的歌，看看我的录像，就像以往来我家做客小聚一样，重温当初美好的时光。为此，她精心挑选了一张自己端庄、美丽的照片放在家里，要永远用清澈的目光凝视着我们。

在一个多月不吃不喝、身体极度虚弱的情况下，3月7日一大早，一夜没睡好的可忻突然把我叫去，说想编一本纪念文集，收入自己的著作、论文和回忆文章，以及亲朋好友学生的"印象记"，再加上录音、录像。乍一听，我有些吃惊，但很快就被她超越常规的思维和不拘一格的想象力所折服，表示欣然同意，并立即动手，组织了一个由学生辈的友人组成的四人编辑小组，着手组稿、编辑，一切都十分顺利，进展神速，不到20天，就基本编就。在编辑过程中，特别是读了近40位朋友的印象记，也就慢慢地感受到可忻设想的深意，理解了这本不寻常的小册子不寻常的意义。

这不仅是关于崔可忻这一个人的纪念文集，而是我们这一群人（从相识四五十年的老友，到才结识两三个月的新朋友）与可忻的一次真诚对话，深层的精神交流。"崔大夫""崔老师"是话题的引发人，我们回忆与她的交往，实际是在追忆我们自己的一段历史；而从中发掘出来的，是我们人生中最美好的时光。这本文集，让我们发现并重新认识了可忻，更是我们自己的人性之美，以及彼此之间的暖暖人情。

更重要的是，我们因为可忻而重新面对和思考人生的重大问题：如何对待生、老、病、死，如何追求生命的意义，如何对待我们从事的工作，等等。在今天这个虚幻、浮躁的年代，人们已经很少谈人性，谈人生，现在突然有了这个机会，大家就自然抓住不放了。在我看来，编文集约稿、写文如此顺畅，这是一个重要原因。

作为可忻的亲人，我在阅读朋友们的文章时，更是感慨万千。我深知，可忻，包括我自己，都绝非完人，也有自己性格的弱点，我们的人生更是多有缺憾。朋友们、学生们其实也都心中有数。但他们写的文章中都没有涉及，这不仅是纪念集的性质所决定，或许还有更深层的原因：在这个虚无主义盛行的年代，多谈谈人性之美、人生的正面价值，哪怕有一点儿夸张，也是别有一番意义。许多朋友的文章，包括我们自己的文章，都谈到了可忻和我的人生选择，朋友们对此都有一种同情的理解，这让我们深受感动。但我们依然要强调，这都带有极大的个人性，如果有人从中受到启发，自然很好，但我们更希望有不同意见的讨论。我们不过是走了一条自己的路——自己选择的路，适合自己的路。

最后要说的是，可忻这一生，也包括我这一生，只是坚守了医生、教师、研究者的本分，尽职尽责而已。在一个正常的社会里，再寻常不过，本不足为谈；现在却要在这里纪念，也是因为现实生活中有太多的不守底线的失职，不负责任的行为。一旦有人坚守，就自然觉得弥足珍贵了。

既然如此，那么，我们这些老朋友、新朋友，就不妨借这次编辑纪念集的机会，再抱团取暖一次，彼此欣赏一回，大喊一声："我爱你！"

"我的深情为你守候！"

2019年3月24—31日凌晨

附：歌声伴随我这一生

崔可忻

医学和音乐是我生命中的两大要素和亮点，有朋友用"科学与艺术的结合"来概括我的一生，大概是有道理的。因此，我的回忆必须从唱歌说起。

我从小就喜欢唱歌，大人们总是说我是先学唱歌再学讲话的——其实，从儿科的角度看，每一个幼儿都是如此。大人们这样说无非是要强调，我是一个唱歌的"坯子"。

我的唱歌的天分自然是与母亲有关。先母范织文毕业于苏州景海高级师范，受过专门的音乐（唱歌、弹琴）训练，以后又担任家庭音乐教师，还为当时的无声电影做钢琴伴奏，在家里经常聚集着一批年轻人，一起"玩音乐"。在这样的家庭气氛的熏陶下，我也跟着叔叔阿姨一起哼唱，唱西洋歌曲，也唱三四十年代黎锦晖他们的流行歌曲。我也有自己的歌，《咪咪小黑猫》之类，后来就唱《报童歌》。

抗战全面爆发后，我跟随着父母，从天津到香港、桂林、重庆，在逃难中也不忘唱歌。曾和傅雷、傅聪一家比邻而居，他家时有钢琴声传出，不过似乎两家并没有太多的交往。但后来傅聪在上海国际礼拜堂弹琴，我也经常去听。

抗战胜利后，全家回到上海。南开大学经济系毕业的父亲崔勉之时任茂华银行董事长，还兼任某贸易公司总经理，家住太原路，是原先的租界地，环境很安静。我家虽不豪华，却挺新式，也使人舒服。在斜对门有一个拉小提琴的年轻人，母亲也依然兴致勃勃地在家里举行音乐会。暑期中的一天，这位张姓青年就以音乐为名，自动上门，从此成了我们家的常客。父亲私下提醒母亲：此人是奔着"小贝"（这是我的小名）来的，母亲却并不介意。天长日久，我俩就真的越来越接近了。这一段因为音乐而结缘的"初恋"，给我留下了十分美好的记忆。

当然，青少年时最难忘的记忆，还是在中西女中住校读书六年（1949—1955）的经历。这是一所著名的教会学校，是宋氏三姐妹的母校。最让我感到惬意的是那美丽的校舍：大草坪、小河、情人岛，供我骑自行车、穿着滑冰鞋一路疾行的平坦大道，还可以搞一些小动作——深夜偷偷带了食品爬上阳台去赏月。我就是在这样的环境里，接受了最好的教育，其中一个重要方面，是音乐素养的培育：除了音乐课上正规的弹琴、唱歌（合唱与独唱）的训练之外，我还参加了学校合唱队，在上海天蟾舞台演唱《黄河大合唱》。我也是学校礼拜堂的唱诗班的一员，那样一种沉醉在宗教音乐里的生命体验，潜移默化地影响了我的一生。

也就在这时，我有机会接触到歌唱家周小燕的音乐艺术。她的姑姑是我母亲在武汉基督教会学校的密友，周小燕刚从法国留学毕业归国，经常在姑姑家举行家庭音乐会，唱《长城谣》什么的，我也就混在其中跟着唱。不知怎么地，引起了周小燕的注意，她称赞我发音基础好，训练有素，也愿意教我。这样，周小燕就成了我的启蒙老师。到了晚年，我还在网上收集她的音乐教学视频，暗暗追随着她。

1955年我中学毕业考入上海第一医学院，似乎顺理成章地就成了班上的文娱委员，于是就有了组织班级唱歌、跳舞的职责。到1958年"大跃进"，学校要求大家"解放思想"，自己写诗，创作歌曲。这任务又落在我头上，我也当仁不让，毫不困难地就写出了一首具有"儿科特色"和"时代特色"（这都是组织的要求）的"新儿歌"。我至今依然记得，可以开口即唱：

一连三天没有看见爸爸妈妈了,
一连三晚上都是我一个人睡觉。
我爸爸是最好的爸爸,毛主席和他拍过照。
我妈妈也是最好的妈妈,听说她有什么先进的称号。
一连三天没有看见爸爸妈妈了,真气死了啊:
是不是爸爸妈妈不爱我了?
在第四天的黎明,一只温暖的手把我惊醒,
爸爸妈妈站在床前说:
我们写了三天三夜的大字报!

这首歌在广播站播放后,立刻在学校传开,大家都知道儿科系有一个会写歌的"小崔"。

大学五年生活里,最让人怀念的,是1958年夏天参加上海郊区青浦县"血吸虫病歼灭战",毛主席的《送瘟神》就是为此战役的胜利而写的。我们儿科三年级负责给毕业班同学当助手,一天到晚,忙得不亦乐乎。但也有轻松的时候:青浦县是鱼米之乡,每逢去县里开会、领药,坐着小船回村已是傍晚。明月,流水,颇有诗意。有谁提议:"小崔,唱一个吧。"这一组人,不管好歹要算我还能唱一点儿。"唱什么呢?""随便什么,你喜欢的我们都喜欢。"我也就随意引吭高歌一曲,而且总有同学用动人的口哨伴唱。身处此时此境之中,周围都是心心相印的同学、朋友。我们这一船人,犹如是上帝的旨意,"彼此相爱",这是怎样的幸福!

在中学、大学里,除了唱歌之外,我还喜欢上了地方戏曲。越剧《梁山伯与祝英台》、锡剧《罗汉钱》等,都成了我的拿手好戏。前年(2017)还在养老院的舞台上表演了一出"地方戏曲联唱"。一位居民是老上海,听了我的演唱私下里问:"你怎么会唱得如此地道?"我微笑不语:这都是我的"老功底"啊!

1960年,我大学毕业被分配到了贵州安顺,远离了上海。而且正赶上大饥荒,接着又是政治、思想、文学艺术领域的大批判,最后发展为"文化大革命",政治形势越来越严峻,我所喜欢的西洋歌曲、俄国歌曲,三四十年代的流行歌曲,以至左翼进步、革命歌曲,都被视为"封(封建主义)、资(资本主义)、修(修正主义)",一股脑儿地通通列入禁区。我自然也不敢再唱,连哼哼的兴致也吓没了。只能远离音乐,一门心思地钻入医学之中,在给病人看病、带学生实习中获得生命的意义。但艺术的种子依然埋在内心深处,一有机会就会探头。

记得1964年突然大唱红歌,演红戏,连我们小小安顺城也很热闹了一阵。我也就乘势在话剧《年青的一代》里扮演一位叫夏倩如的"上海小姐",男主角萧继业是钱理群演的。我们还组织了一场"革命歌曲大联唱",老师、学生们穿上"第三世界"各国的服装,高唱《亚非拉人民要解放》,还有新创作的《我们走在大路上》。但"文革"一开始,这些也都被"革命群众"所抛弃,只唱毛主席语录歌了。我也不再去凑这个热闹了。

到"文革"后期,许多人都成了"逍遥派",在民间私下传抄、偷唱被禁的歌曲,如"文革"前的中外电影歌曲《洪湖赤卫队》《刘三姐》《柳堡的故事》《流浪者》,民歌《敖包相会》《跑马溜溜的山上》,苏俄歌曲《莫斯科郊外的晚上》《喀秋莎》《三套马车》,还有少量英美、港台歌曲《地久天长》(《魂断蓝桥》插曲)、《蓝色的街灯》、《苦咖啡》等,大多数都是我所熟悉的,我终于可以在暗中哼哼中学、大学最爱唱的歌了!我的母亲更是不甘寂寞,除了隔三岔五地去附近剧团偷弹钢琴之外,还约两三个上海籍的中学老师在家里聚会,喝咖啡,唱洋歌。这类活动我一般不大参加,但也时不时跟着"过过瘾"。后来才知道,当时全国各地有不少这样的家庭音乐沙龙,但都是处于秘密、半秘密状态。

真要公开放声歌唱,自然要等到"文革"结束、改革开放以后,尤其是1984年我回到北京,调入中国儿童发展中心工作,就有了更多唱歌的机会。特别是在出国访问时,我更常常在两国专家的联欢会上高歌一曲,唱的都是我从小熟悉的盛行于三四十年代的西洋歌曲。没想到这些歌也是外国专家们青少年时代所爱唱的，这一唱就很自然地把大家的距离拉近了：这是我第一次感受到音乐超越国界，沟通不同国家、民族人的心灵的魅力。回到国内，我就更是大唱特唱了。每次外出开会、搞调查，我都是一路唱过去。这个习惯一直延续到我退休后的旅游中。

记得有一次，我和钱理群他们那一群朋友到湖南沈从文的家乡玩。车上有不少人也是歌迷，大家就唱得更起劲了：从20年代北伐战争的《打倒列强，打倒列强》唱起，接着是30年代的《夜半歌声》《渔光曲》，抗日战争时期的《游击队员之歌》《黄河大合唱》，解放战争时期的《茶馆小调》《解放区呀好地方》，到50年代的《歌唱祖国》《一条大路宽又广》，60年代的《我们走在大路上》，"文革"时期的《北京颂歌》，最后是80年代的《年轻的朋友来相会》……就这样，歌声把国家、民族发展的现当代历史，以及我们每一个人的人生经历与记忆，完全交织在一起，我们唱得如痴如梦，欲罢不能。到了目的地下车后，一直坐在车里没作声的严家炎老师，突然认真地对我说："谢谢你，让我回到了自己的青少年时代。"这大概就是唱歌的历史记忆的功能与魅力吧。

还有一次，我和老伴到加拿大旅游。坐在大巴车上，看着窗外的欧式风景，我情不自禁地低声哼唱起熟悉的英语歌曲；没想到下车时，旁边一位默听我歌唱的伊朗籍旅客突然用英语对我说："你的歌声是用心唱的，我很感动。"我真没想到，竟然在他乡遇到了知音！让我难忘的是，还有一次在西藏旅行，我也是触景生情地唱起我喜欢的民歌来，唱了一首又一首。突然听见旁边响起了一个男高音，用藏语唱藏族民歌，我一看，是开车的司机在唱，也是十分投入。他竖着大拇指，连声称赞说："你是我们高原的百灵鸟！"这一赞把我乐坏了：真是千金难买的评价呀！通过音乐，我竟然和异国、异族的歌迷结交，并且有了"世界公民"的感觉。这感觉真好！

就这样，我越来越离不开音乐，特别是2015年到了养老院以后。我突然发现，自己赖以生存的医学越来越用不上了。尤其是经过种种努力，想继续发挥医学生命的余热，最终都以失败告终后，我陷入了深刻的痛苦之中，无数次地和老伴讨论：到哪里去寻找我的老年生命的意义？渐渐地，音乐的价值在生命的困境中突显出来：我要把音乐当作一件"事"来做，它是继医学之后我的另一项"事业"！我就是这样投入到燕园的歌唱活动中。无论是在爱乐兴趣小组唱歌，还是参加大合唱团活动，我都全力以赴，尽职尽责：需要唱什么声部我就唱什么，没人弹琴我试着弹，临时缺指挥我就去凑数，为找歌片、印歌片，甚至为挑选服装，我经常忙到深夜。这一切，在我来说，都是十分自然的，就像当年我给病人治病不惜付出所有一样。我不求名，也没有表演欲，就是让大家开心，我自己也从中获得了生命的快乐与意义。

前几年每逢圣诞夜或春节，我都要邀请朋友到家里唱歌、聊天、喝咖啡、吃点心。有年中秋节，我在院子里组织赏月晚会，大家一起唱着童年的歌，跳起舞来，进入生命的无邪、天真状态。这都给我和朋友们的晚年留下了最美好的印记，至今难忘。

我和老伴还经常讨论：音乐对老年人的生命，对创建"养老文化"的作用和意义。在我们看来，唱歌可以养生、悦心，唤起历史的记忆，获得生命的存在感、意义感，更因歌而交友，营造相濡以沫的共同精神家园，于无形中缓解了老人难免的寂寞、孤独、无聊、虚无。

为养老院的唱歌事业付出是值得的。为其能长远发展，就如前文提到的那样，我还在网上专门下载周小燕教唱的录像，反复研究。可惜好事不长久，由于种种原因，我这些努力最后都无疾而终，我自己也逐渐从燕园歌唱中淡出……

不过我并不死心，把对音乐的追求转向自身。我说过，我真正喜欢的，是给自己唱，特别是用"心"唱。我永远不忘那位伊朗朋友对我的歌声的评价。也正在这时候，我突患重病，不得不直面疾病与死亡。当我决定理性应对，不再留恋"赖活",只追求最后时刻的生命质量时,音乐就成了我的最终选择:我要用歌声伴随自己的余生。在四处奔走、看病、检查的间隙,我关起门来,或低声吟唱,或放声一歌。我可以说是忘情而全身心地投入,真正唱到心里去了;而且声音也是从未有过的清脆、干净,因为有几分感伤而显得格外的深沉:这真是奇迹啊!我就这样录唱了将近30首歌,把自己一生的精粹都融入其中。

在2018年12月24日的平安夜,我又举办了一场家庭音乐会,依然唱得如痴如醉。不了解我病情的朋友都惊讶于这音乐生命的突然爆发;知情者更是唏嘘不已,备感珍惜。但在这以后,我的身体就越来越支持不住了,终于在2019年1月28日住进了社区里的康复医院。也就在这一天,上午我打了点滴,下午就出现在养老院春节联欢会上,穿一袭白色短袖连衣裙,自由、自然、坦然地高歌一曲《我的深情为你守候》。

这"天鹅的绝唱"感动了许多人,我自己也感慨不已。正像朋友们所说,这是"清歌唱别意高昂,生命因之宽敞",我要用自己的方式"告别心爱的音乐",告别亲人与友人,告别又爱又痛的世界,也"铭刻此生的意义""展现凝然的人生尊严"。

2019年2月17日,从加拿大赶来的儿子小彤、女儿安莉、女婿文明、外孙小龙和小杰及朋友给我过生日,这又是一次音乐的盛会。因为受我的影响而走上音乐之路的外孙特意演唱了一首为我而作的歌曲。他唱得十分深情,我的心情却分外平静:音乐又延续到了我的后代的生命之中。

2019年3月9日—3月16日

讲讲老伴崔可忻的故事

摘选自 2023 年 5 月 22 日在南京师范大学附属中学"钱理群、崔可忻奖学金"颁奖大会上的讲话

经历了三年的疫情封闭，极度孤寂的我，终于回到了自己的精神家园——中学母校南师附中，而且是在这个颁奖大会上。我和老伴崔可忻决定在附中设立"钱理群、崔可忻奖学金"，目的就是要在自己的晚年以至身后，与母校的年轻一代，保持一种精神的联系，因为母校是我们生命的起点。因此，我也要借这个机会，向附中亲爱的老师、同学们，讲讲老伴崔可忻的故事。

可忻 1936 年出生，2019 年离世，至今已经近四年了。她的叔叔崔之义是上海第一医学院副院长，舅舅范乐成是武汉医学院院长——可以说她出生在一个医学世家。她自己 1955

年在上海第三女子中学毕业后，就顺理成章地考入了上海第一医学院儿科系。1960年毕业分配到贵州安顺地区卫生学校任儿科教师。我也是那一年从中国人民大学新闻系毕业，分配到该卫校担任语文教师。我们是同一天到卫校报到而相识，最后结为终身伴侣。

我们这两个在大城市、大家族里长大的年轻人，就"一跟斗翻到了最底层"，反而有了踏实感。用今天的话说，就是真正"接了地气"。我们的学生大多数来自农村，毕业后就回到农村，做公社、区、县级的医生和护士。可忻晚年回忆说，一到农村，就深知农民就医之难。可忻始终难忘因不能得到及时治疗而痛苦呻吟的孩子和他们亲人束手无策、焦急万分的神情，她就只能多救一个算一个，聊尽医生职责罢了。

"我虽不是教徒，却好像按照上帝的旨意在做奉献，真心实意地'为人民服务'。"可忻在贵州任教25年，培养了2000多名医学学生，治疗的病儿更是不计其数。1984年可忻离开贵州，来到北京中国儿童发展中心工作，从临床医生、儿科大夫变成了"医学研究者"，先后参加了"10省城市农村7岁以下儿童体格发育调查""少数民族儿童体格发育调查"等科研、调查工作，还多次参加国际学术会议做报告。就像一位朋友所说，"从安顺到北京，从边缘到中心，上至云端翱翔，下至沟谷行走。落差虽大，却依然应对自如，上来下去，游刃有余"。

2015年7月，可忻和我一起住养老院以后，遇到了一个人生大难题。现在退休了，我还可以关在房间继续写作；可忻离开了医院就无事可干了。"人老了，到哪里去寻找与实现自我生命的意义与价值"就成了可忻为之焦虑不安，苦苦探索的问题。

经过反复探寻，几番曲折，可忻最后决定把生命意义寄托在"医学与艺术的关系"的研究与实践上。我也因此参与了相关的研究，写出了《医学也是"人学"》的研究论文，集中了我们俩的思考和认识。

我们强调了三点：

> "医学与文学艺术都面临同一对象：人"，"这看起来是个常识，却很容易被忽略"，"医生常常只见病，不见人"。

> "医学和文学艺术的对象，都是个体的生命"，"同样的病，在不同病人的个体身上会有不同的表现和特点，需要我们对症下药"，但今天许多医生却不把病人看作活生生的个体，而只是"某一类型的疾病患者，往往按类型的医疗惯例开药"。

> 医学应该"回归人文"，"温暖、同情和理解，可能比手术刀和药物更为有效"，医生对病的诊断和文学艺

术的创造一样，也需要有"建立在多年积累的丰富经验基础上的直觉与灵感，需要医学想象力"。

不难看出，可忻在养老院里，在医学领域寻找自己生命归宿的不断努力，是建立在科学理性基础上的。今天回过头来看，正集中了极其可贵的"崔可忻三大医学观"：

> 一是高远的眼光与视野，时刻关注"包括医学在内的科学技术的新进展，前沿性课题"，并用以指导自己的医学实践。
> 二是宽阔、深厚的知识结构：不仅精通自己的专业，而且以包括所有医科的全科知识作为基础；不仅以学习医学知识为主，同时涉及相关学科知识，如医学心理学、医学社会学、医学伦理学、医学哲学等。
> 三，也是最重要，"医学也是'人学'"的基本理念，让"医学人文之光"照亮医学领域，主动迎接"自然科学、社会科学、人文科学相互渗透、融合发展的新时代"。

我今天把可忻一生的医学经验与追求的三大理念，赠送给获奖的诸位"学医"的附中同学，希望可以成为你们终身学习与实践的参考。在我看来，可忻所讲的不仅是医学，更有教育学的意义和价值。例如，中学教育依然要关注前沿科技发展的趋向；注意为学生打下较广且厚的知识基础；关心作为"人"的学生个体生命成长；鼓励文学与科技的结合，文、理科的全面发展，以及学生想象力的培养，等等。

但可忻并没有来得及按照自己的理念安度晚年，就突然患上了不治之症，直接面对"生与死"。在多方治疗依然无效的情况下，可忻和我不约而同做出选择：不再治疗，不求延长活命的时间，只求减少疼痛，有尊严地走完人生最后一段路。这是在向传统的"好死不如赖活"的人生哲学挑战：我们一辈子都追求人生的意义，就要一追到底，至死也要争取生命的质量，把人生的主动权牢牢掌握在自己手里。

可忻依然说干就干，连续干了完全出乎我和所有学生意料，我们想象不到的四件大事。

2019年1月28日，刚刚在医院输完液，来不及喘口气，可忻就穿上端庄、高雅的服装，登上养老院联欢会的舞台，做"天鹅的绝唱"：高歌一曲《我的深情为你守候》，向她心爱的医学告别，向所有爱她的人告别，更要用视为生命的音乐来总结自己的人生，留下深情、大爱，有坚守、有尊严的"最后形象"。

接着，可忻又提出一个新的计划：趁着自己还有点儿力气，头脑也还清醒，要把家里自己的东西全部清理一遍，她要干干净净、清清爽爽地离开这个世界，不留任何麻烦事给家人，特别是我。

可忻还要亲自安排自己的后事。她一再叮嘱我，"千万不要开追悼会、写悼词、献花圈，告一个别就可以了。有亲友、学生如果还想见见我，就到我的住房来，看看我留下的著作，我珍爱的光盘，听听我唱的歌，看看我的录像，就像以往来我家做客小聚一样，重温当初美好的时光"。

后来，可忻的病越来越重，长时间不吃不喝。在身体极度虚弱的情况下，她又把我叫去，说是想在生前就编一本纪念文集，收入自己的著作、论文和回忆文章，以及亲朋好友学生的"印象记"，再加上录音、录像，就把自己的美好一生留给后人了。

我被可忻超越常规的思维与不拘一格的想象力所折服，立即组稿，编写，不到20天基本编就。今天送给得奖者的这本《我的深情为你守候：崔可忻纪念集》（后文称《崔可忻纪念集》）社会反响强烈，大家一致认为，这是老年人自己研究"养老学"的开创之作。可忻的生命也因此融入后人的养老人生中。

可忻临终前念念不忘的，依然是她的医学。她在口述回忆文章时沉重地说：我在患病、查病、治病过程中，在各医院之间来回奔波，有机会实地接触到中国医疗的种种乱象。痛心地发现，"中国医学技术进步了，医疗条件改善了，但是医学的'魂'没有了，早已不是我心爱的医学了"。她因此发出最后一声呼叫："别了，我心爱的医学！"

2019年8月4日，是可忻人生最后一天。上午头脑尚清醒时，她留下了自己的临终之言："这个世界太乱了，我管不了了，我要走了。"呵，这就是可忻，也是我，以及我们这一代人：至死也在关心"世界"，以"管"国家、世界大事为己任。

可忻满怀遗憾地"走了"；可是，我还活着，而且立刻遭遇2020—2022年三年中国和世界病疫的大乱。我的耳边始终回响着可忻留给这个世界的最后遗言，心里想着：世界更乱了，我也管不了，但我却"走不了"。只能直面，观察与思考，并且尽可能地积极做事。今天来母校向老师、同学讲"可忻的故事"，也算是我能够做的有意义的一件"事"吧。

2023年5月12—13日起草于北京

遥寄彼岸的一封信

今天是可忻远行两周年的纪念日,也只有写信和她对话了。

其实这样的对话在这两年里,一直在进行:每天晚上躺在床上,我都要和她说几句话,谈谈这一天做了什么事,有什么想法等。倾诉完了,就安然入睡。

此刻,我说什么呢?就做个总结吧。

小贝:

你走了两年了。这两年里,我总在念叨你最后(2019年8

月4日上午)说的话:"这个世界太乱了,我管不了了,我要走了。"

在你走了以后,这个世界就更乱了:2020年"庚子大疫"蔓延全国、全球,愈演愈烈,至今也不见好转的迹象,而且自然的瘟疫发展成政治、经济、社会、文化的全面危机。人类走到了"历史大变动"的十字路口,而且波及每一个人,也包括我这样的退休老人。2019年你说你"管不了",2020年、2021年我就更"管不了"了;但你可以选择"走"。我却"走不了",只能面对。

可以告慰你的是,这两年虽然我内心的焦虑、绝望已达到极致,却引发了更广、更深的思考,而且努力地从变中寻不变,在大变动的时代寻求生命的永恒。我对自己的思想与研究,生活与生命都进行了大调整,获得了精神大动荡中的沉静与从容。

首先是"回归大自然,回归日常生活"。你所熟悉的那个"整天沉浸在精神世界里,从不会照料自己生活"的"大孩子",现在也逐渐学会了自己管理自己,并且开始"游走"于大自然,"享受"生活,注意自己的吃、穿、住,保养、锻炼身体。许多人(我想,也包括你)都担心,你一走,我的一切生活都会乱套。现在可以多少有些自豪地告慰你和朋友、学生们,我现在生活得井井有条,清清爽爽,而且有滋有味。

我在自觉地追求大自然——日常生活中生命的永恒。

当然，紧紧抓住不放的，仍然是我的思考与研究，而且拓展与提升到一个前所未有的广度、高度与深度：我也是在历史研究中寻求生命的永恒。这也是我要向你重点汇报的：两年中，我的写作的数量和质量，都达到了惊人的、我自己都想不到的程度。看起来是写"疯"了，但却是非常从容。

仅仅两年，就写了这些书：

1. 两大本近百万言的大书，将我的政治思想史、精神史的研究推向了我所能达到的极致，也尽到了我继承司马迁传统的历史责任——藏之名山，传之后代。这是我真正"为自己，为后人"的自由写作。

2. 回归本业：文学，文学史、鲁迅研究。2021年一年之内，我写了《中国现代文学新讲》《钱理群新编鲁迅作品选读》，以及"金波著，钱理群点评本"系列。同时编选并点评了王得后的《鲁迅研究笔记》。

3. 推动地方文化研究：2020年历时八年的《安顺城记》（七卷）正式出版；2021年在北京大学召开全国性学术研讨会，做出全面总结。我说过，这是晚年我所做的最大的事，是我一直苦苦追求的"传世之作"。我们就是在那里相识与成家的，也是我对人生最艰难时接纳、培育你我的那片土地及贵州的父老乡亲们的最后回报。在北大讨论安顺地方文化研究,也圆了我的"在学院与民间,中心与边缘,上层和底层之间自由流动"的学术梦、人生梦,引起了学术界的关注。

4. 做学术、人生的最后总结:写出《八十自述》一书。此书2021年由香港城市大学出版社出版,大气而厚重,让我爱不释手。与此同时,整理出了《钱理群研究资料》(姚丹编)《大时代中的思想者:中国现代文学学科论集》《有承担的学术:中国现代文学学人论集》《对话与漫游:四十年代小说研读(修订本)》,将陆续出版。此外,还编出了《书不尽言:钱理群书信集》《难得明白:钱理群序跋选集》二书。

5. 开拓"养老学"研究新领域。这将是后疫情时代的前沿性学术课题,在中国更具有开创意义,而且与自己的养老生命息息相关。这个研究是从你身前编选的《崔可忻纪念集》开始的,至今已经写了十篇文章。是你开了头,我接着往下做。

6. 其他有待出版的,还有《燕园草》(一)(二)。从2015年我们搬进燕园养老院开始写,你走了以后又写了许多,算是"洋洋大观"了。今年剩下的几个月,还要编出《写给钱理群的书信集》,最后完成《未竟之路》一书。

这样,你走后两年,我写了七本书,编了七本书,重点完成了一套"传世之作"《安顺城记》。毫无疑问,这两年,特别是2021年,是我的学术与生命"喷发之年",或者也就是"最后的辉煌"了吧。

我知道，你最想听的，还是我下一步的"规划"。你深知，我这个人的习惯（也可以说是"赖脾气"）就是什么事都要预做"筹谋"。这一段，我也确实在想："最后的辉煌"不可能持续，辉煌过去，最后的人生之路，我该怎么走？

我打算分两步走：计划在"88米寿"之前，再集中精力写三部书：《大陆国民性研究》《养老人生》，还会写《燕园草》（三）（四）里的随笔：这就是最后的努力（挣扎）了。到88岁以后基本停笔（随笔可能还会写一点儿），进入以身体疗护为主（从积极疗护到安宁疗护）的人生最后一路。

这当然是我最后的"梦"（如意算盘）。结果如何，是提前止步，还是要继续走下去，只能听天由命，顺其自然了。

应该说，你于2019年远行，我在无法预计的时刻远行，都还是幸运的。因为我们基本上都做完了自己想做的事，并多少留下一些东西给后人。这一生，也就够了，值了。

再见，小贝贝！

熊猫哥哥
2021年8月4日晨

疫情中思考养老人生

这一次疫情突发,被封闭在养老院里,长期与世隔绝,处于完全无助的状态。对此,我没有任何思想准备。万万没有想到,老了老了还会遇到这样一场"大灾大难":国家、世界的灾难,也是我们自己的灾难。开始时真像生了一场大病,恐惧、无奈、焦虑、不安。

不过,八十年的人生经验告诉我,绝不能为这样的焦虑压倒,一定要跳出来。于是,我开始冷静下来思考。疫情灾难让我终于看清,自己此后余生将面临一个历史大变动,一切都还只是开始。想到这里,我突然意识到,我们这一代的"养老人生"将遭遇前所未有的挑战。所谓"养老",就是要获得生活、生命的稳定和安详。那么，如何"在时代的纷乱和个人的稳定之间，构成一种矛盾与张力"？怎样"在动荡的年代，获得一份精神的充裕和从容"？这是"养老人生"的一大课题、难题，但处理好了，就会成为人生一大艺术和创造。这本身就很有诱惑力。

我只有求助于我的专业领域里的"老师"。我想起了沈从文的一句话，要"在变动中求不变"。还想起被鲁迅誉为"中国最杰出的抒情诗人"的冯至，他在第二次世界大战的战乱中寻求不变的本质，在一切化为乌有的时代寻求不能化为乌有的永恒。终于我有了两大发现：一是"千年不变的古老中国土地上延续的日常生活"，二是"平凡的原野上，一棵树的姿态，一株草的生长，一只鸟的飞翔，这里面含有永恒的无限的美"。想到这里，我突然有一种恍然大悟的感觉。

这次疫情灾难最引人注目之处，就是对老百姓日常生活的破坏、干扰、打击，以及普通人在这个过程中的坚守。正是这一次瘟疫肆虐，使我自己懂得并且开始思考日常生活对人自身的意义，以及其中不可或缺的永恒价值，由此获得"一切都要过去，生活仍将继续"的信念。

老年人的生活自有特点，它是一种"休闲生活"。而"休闲生活"的意义，正是在这次疫情中被发现，引发不断思考的一个重要话题。这里，我要向诸位推荐一篇文章《重塑休闲观：智能革命对人类智慧的新考验》（成素梅，2020年4月2日《文汇报》），提出了一系列很有意思的命题。首先是对传统的，主要是"工业化时代的休闲观"的反思：休闲从来被看作是附属于劳动的，可有可无，并无独立意义。在这样的休闲观指导下，老年人的休闲生活就被看作是消极的，丧失了劳动力之后的被动选择，甚至有一种说不出的"不得已"之感，不过是"打发日子"而已。作者提出，现在需要"重塑追求生命意义的休闲观"，实际是回到"休闲"的原始定义与本质意义。文章介绍说，英语和拉丁语中的"休闲"，其中就含有"教养"的意思；在古希腊哲学家亚里士多德那里，人的休闲是终身的，而不是指一个短暂的时段，是"真、善、美的组成部分，是人们追求的目标"，"是哲学、艺术和科学诞生的基本前提之一"。亚里士多德还把休闲与幸福联系起来，认为休闲是维持幸福的前提。对我来说，这就把我们养老院的休闲生活一下子"照亮"了：这是一个"充实精神家园，丰富内心生活，追求生命意义，提升人生境界，践行人生智慧，达到自我完善"的大好时机，是自我生命的最佳阶段。

因此，我们要提倡"健康的休闲生活"，其中有两个关键：一是追求养老休闲生活的"创造性、多样性、个性化"，二是突出和强调"兴趣"。每个人完全可以按照自己的兴趣，自由自在地过属于自己的生活。其实，这也是对人的潜能的发挥，以及对人生、人性的调整。在我看来，人的欲望、人生旨趣、自我期待从来就是多面的，体现了人性的丰富性，人的生命发展的多种可能性。但在现实生活中，实现的只是极少部分，我们活得十分被动，经常处于受压抑的状态，甚至阴差阳错走了与自己期待不同的人生之路。因此，我们晚年回顾自己的一生时，总会觉得有许多遗憾。我们当然不可能"重走人生路"，但通过完全由自己支配的养老休闲生活，做一些力所能及的调整和弥补却是可以的。这也算是我这样的不可救药的理想主义者晚年生活的最后一个理想吧。

还有一个理想的生命状态，就是"和自然对话"，追求另一种生命的永恒。大自然也是我们这一代匆忙人生中不幸被错过的"友人"。不能善待大自然更是我们最大的历史错误和终生遗憾。这一次病疫灾难就是一次无情的"报复"，它以最尖锐的形式向每一个国家、民族，也向我们每一个人提出了"如何处理人与自然关系"的问题，它真正关系到我们的"未来"。它也给我们的养老人生提出了一个全新的生命课题：如何从大自然中吸取晚年生命的滋养与乐趣。醒悟到这一点，我每天在园子里的散步，就获得了一种新的意义：我不仅要在大自然环境下锻炼身体，更要以婴儿的心态与眼光去重新发现大自然之美。我最喜欢的，就是仰望蓝天，"那么一种透亮的、饱满的，仿佛要溢出的，让你沉醉、刻骨铭心的'蓝'!"还有对"寂静之美"的感悟:"它无声,却并非停滞,自有生命的流动:树叶在微风中伸展,花蕊在吸取阳光,草丛间飞虫在舞动,更有人的思想的跳跃。"因此,每次散步回来,我的心就沉静下来,并且有一种"新生"的感觉。

我更沉浸在第三种"永恒"之中,这就是历史的永恒。这是我最为倾心的:通过自己的思想史、精神史的研究与写作,潜入现实与历史的深处。自己也就超越了现实的时空,进入无限广阔的空间,永恒的时间。其间的自由和乐趣,不足与外人道,只有独自享受。这真是人生的最大幸福,最好归宿。

这样,我就从日常生活、大自然和历史这三大永恒里,找到了养老生活的新动力、新目标,内心踏实而从容,进入了生命的沉思状态。

2020年10月

我们需要以老年医学为事业的大夫

最近几天，关于北京泰康燕园康复医院宋安大夫的去留问题，燕园居民有很多议论。因此也引发了我关于自己和老伴可忻与宋安大夫交往的回忆，并思考了许多问题，以致连续好几天都睡不好觉——真的是老了心里就搁不住事。今天早晨五点钟就醒来，又想着这件事，怎么也睡不着了。干脆起床写下憋在心里的一些话，也算是自我解脱吧。而且，分明感觉到远行一年的可忻就在身边，下面要说的也应该是她要说的。

我和老伴是在2018年末认识宋安大夫的。当可忻被确诊为胰腺癌后经历着病痛的折磨且没有办法打吗啡针时，她发现做内镜引导下的腹腔神经切除手术可以止住疼痛。但是，这种治疗方法风险很大，我们跑遍北京的医院，却没有医生能够、愿意做。后来，听说上海复旦大学肿瘤医院可以做，她就决定冒险去上海。她在《别了，我心爱的医学》中写道：

> 正准备动身，因为大便不通，到社区康复医院求治。在傅妍院长引荐下，由外科主任宋安大夫做检查，摸到了几个肿块，怀疑胰腺癌细胞已经转移到肠内。第二天连忙赶到协和医院，医生做了最后检查后，确定肿块已在直肠、子宫洼陷处，诊断为"胰腺癌腹腔种植性转移"。这是一个最坏的结果：继续检查、治疗已经没有多大的意义。

我和可忻能够面对无情现实，决定不再动手术，选择在社区做临终治疗，原因就在于社区康复医院有傅妍、宋安这样的好大夫。我们信得过，愿意把最后的生命托付给他们。可以说，我们是在危难之时，结识宋安大夫的。

可忻住院后，就和宋大夫有了更多的接触，很快成了忘年交。《崔可忻纪念集》这本书里，有一篇特地请宋大夫写的文章。他这样写道：

稍有了接触，就有一种相见恨晚的感觉。我们很快就成了朋友，很可能是她相识最晚的朋友。尽管我称她为"崔阿姨"，她也确实是我的医学老前辈，但我见了她就有一种可以倾心相谈的亲切感、信任感。我也想过，崔阿姨是病人，我是医生，她怎么这么容易就获得我的信任，并产生亲切感呢？

这大概就是"心有灵犀一点通"吧。或者就像宋大夫文章结尾所说，"这世界真正的爱与热已经很少了"，像可忻和宋安大夫这样，在社区康复医院结成充满"真正的爱与热"的医患关系，真是难得而弥足珍贵啊！

就这样，宋安大夫成了可忻不是主治医生的"主治医生"，他们之间对病情的判断、医疗方案的设想，竟是如此相通、默契。对治疗自己的疾病也自有见解的可忻，就相信宋大夫，每天都在等着他；他一来，可忻所有的焦虑、不安都没有了。而宋大夫也总能提出一些最及时有效的建议，还要海阔天空神聊一番，最后心满意足、依依不舍地离开——宋大夫是偷空来看可忻的，可忻也不忍心耽误他的时间。我在一旁看着这一切，心里也是暖乎乎的。

坚持到"最后一刻"：那是2019年8月3日的晚上，我发现可忻已经不行了，立刻打电话给宋大夫。那时他虽已经下班回家了,但接完电话他立即赶到病房——一切都那样自然,仿佛宋大夫"理所当然"地就是可忻的临终守护人。他迅速采取急救措施,发现无效就安排我和子女做准备,并和我们一起静静守候,直到可忻咽下最后一口气。接下来,宋大夫又有条不紊地指挥孩子和护工处理种种后事。尽管我在一旁脑子一片空白,但一点儿也不慌乱:有了宋安大夫,我们就有了主心骨。

就这样,宋安大夫在我晚年人生中留下了永恒的记忆,我也因此懂得了医患关系的真谛——它更需要精神的相通和生命的相依相存,对老年患者尤其如此。养老院的许多居民都告诉我,宋安大夫不只对可忻,对所有找他看病的老人都是倾心相待,给许多老人提供安宁疗护服务。这又引发了我的深思,我由此而意识到,宋安大夫最可贵之处,就在于他是把"养老医学"当作自己的事业,把为老年病患者服务视为自己的天职而尽心尽力。他不是一般的医生,而是一个真正的全心全意"为老人治病"的医生。

我又想起了可忻在《别了,我心爱的医学》里特意谈到,她来到燕园养老院,最大的愿望就是参与推动养老医学事业,并且有许多具体计划,但由于种种原因未能实现,留下终生遗憾;但她在最后治病过程中,又接触到一些中青年医生,他们"表现出的扎实的基本功,相对广博、合理的知识结构,下诊断时的周密、细致与果断，特别是对病人的体贴，都让我十分感动"，她也因此"为老年医学后继有人而感到欣慰"。很显然，宋安大夫就是让可忻看中的一个"接班人"；她最后把自己大部分医学书都赠给宋大夫，绝非偶然。

可忻这样的思虑、选择是大有深意的，并不限于宋安大夫一人，这也是我最近一直在思考的。记得8月18日我在"长寿时代高峰论坛"的讲话里，特意提出，在养老院初具规模以后，就应该"把创立'养老科学'提到议事日程上"；在养老科学中，"养老医学"显然占据重要地位。而养老医学是有很大的实践性的，它不仅需要专业的研究者，更需要大批真正把养老医学当作自己事业的医生参与，转化为治疗实践。

应该承认，至少到现在，这样的心怀深情、把为老人治病作为自己事业的医生是极少的。一旦发现了，就应该珍惜和保护。我之所以要提出"我们泰康燕园康复医院需要宋安这样的大夫"，并不顾劳累地撰文呼吁，不仅是出于个人对宋大夫的感激之情，而且确实有这样的一个大思考。我当然知道，宋安大夫作为个人，他自有其不足；作为医生，也会出现这样那样的差错；但我们更应该看到和看重他的医德、医术。燕园的老人需要他，泰康燕园康复医院也需要他。

我在可忻远行以后，仍时常提到泰康燕园康复医院的优越性，其中最重要的两条就是：该医院的治病，始终以老人为中心；这里的医生与病人间充满了亲情——不仅给老人治病，更给予安宁疗护，是可以将生命托付之地。我说这些话时，心中想到的就是傅妍大夫、杨文英大夫、宋安大夫，和一批像他们那样的门诊、临床大夫，这是我们泰康燕园康复医院的一笔财富，一定要珍惜和保护。

我在"长寿时代高峰论坛"里，还谈到了为了保证养老院养老人生的和谐，一定要提倡宽松、宽容、宽厚的"三宽精神"。对宋安大夫这样的大有医德、医术，也有不足、差错的医生，我们应该"宽容"。而且只有在这样的氛围里，才能吸纳、培育出更多以老年医学为事业的医生。

2020年8月26日

记忆中的我的养老人生

社会性、时代性的钱理群

《书不尽言：钱理群书信集》（香港城市大学出版社，2023）里收入了1996年9月30日我写给安顺老友杜应国的信，特意谈到我搬进了北大燕北园里的"新家"：

这次"搬家"，大概要算是我人生道路上的又一次转折。从此将步入生命的最后一段路程，即所谓"老年"阶段。尽管心中的火焰仍在燃烧，但毕竟生活内容与生活方式都会发生变化。我现在终于拥有了完全属于自己的"一间屋",一个相对自由而安静的精神空间,我将在这里写出我一生中最重要的著作。同时我也期待着更多家庭的温馨与安闲。但仍希望保持生命的活力与一颗赤子之心。

这一年,我正是57岁,我的老年意识、老年人生都由此开启。而且第一次提出了"独立自由的精神空间""家庭的温馨与安闲""保持赤子之心"三大关于老年生命的设想。27年后回过头来看,这样的梦想确实构成了此后我的老年人生的贯穿性线索。

真正进入老年人生,还要等到六年后的2002年63岁时的退休。6月27日中午12时,我上完了在北大的"最后一课",在告别中留下了我的人生三大座右铭:"路漫漫其修远兮,吾将上下而求索"(屈原),"永远进击"(鲁迅),"在命运面前,碰得头破血流,也绝不回头"(毛泽东)[1]。

校园网站上立即传开学生发出的600多条帖子:

> 路漫漫、永远进击、不怕头破血流的钱老师,一路走好!
>
> ……

---

[1] 原句为"在命运的迎头痛击下头破血流但仍不回头"。参见陈晋《毛泽东之魂》。——编者注

喜欢争论的北大学生们还为钱老师退休后的命运、未来，发表了不同意见：

　　离开自由的北大，离开这么多喜爱他的学生，他还能开心自在吗？

　　钱先生应该属于更广大的中国。先生要走向我们的国土和人民，我们应该支持他。

　　……

在我看来，这是所有退休老人必须正视与回答的生命课题：退休后你失去的是什么？你还想做什么与此前不同的新事业，还有这个必要和可能吗？你对自己的未来，还充满好奇心吗？

我心里明白：我将失去体制内的身份、地位和影响，我将远离曾经是我的精神基地的北大。我毫不犹豫地选择：走向民间，开辟新的精神基地。我在"最后一课"上向学生宣布，在当天日记里也这样写道：

　　这是一段生命的结束——与北大青年学子联结在一起的人生最重要的一页；同时也是生命历程新阶段的开始：我将回到家庭，回到故土，回到更年轻的一代中。这是回归,更是坚守。

别了,我的北大!我的心又飞向未来。是悼亡——把北大永远埋在生命的最深处;是新生——开始生命新的可能性。前方——有什么在等待着我呢?

我说做就做,立刻开始行动。

2002年,我回到第二个精神基地——贵州,和戴明贤、袁本良、杜应国、罗银贤等老友一起编出《贵州读本》,于2003年由贵州出版社出版,开启了地方文化研究。

2004年我为戴明贤的《一个人的安顺》作序,倡导"土地上长出来的散文"写作。

2004年我们当年"民间思想村落"的朋友又开始了"屯堡文化研究",推动地方文化研究与乡村建设的有机结合。2004年和2008年分别取得了两个成果:《屯堡乡民社会》《建构与生成:屯堡文化及地戏形态研究》,我都为之写序,算是理论的总结与提升。2005年起,我和贵阳、安顺朋友一起进行"构建地方文化知识谱系"的理论探索。而在2004年11月2日清晨,我又突然有了一个"按《史记》的体例编写《安顺城记》"的梦想。由于过于超前,一时难以实现,足足等了8年,到2012年在贵州文史馆主持下,《安顺城记》才正式立项。

我又提出"好人联合起来做一件好事"的口号,集合了从

"30后"（20世纪30年代出生的人）到"80后"（20世纪80年代出生的人）的六代安顺民间思想者、地方文化研究业余爱好者，最后在2020年编辑出版了《安顺城记》。到2023年又编辑出版了《安顺文库》，我做了《安顺地方文化建构的再出发》的报告。

这样，从2002年退休到2023年，整整21年，我都自由游走于北京的住所、养老院和贵阳、安顺之间，意在回归大地的文化（地方文化、民间文化），生息其上的父老乡亲——这都是真正的"生存之根"。"我为自己设计的人生晚年境界，就是'诗意地栖居在大地上'"。（以上讨论参看《我和贵州、安顺地方文化研究》，收于《钱理群研究资料》）

我离开了北大，又来到更年轻的一代——中小学生中间：这也是生命的回归，对于我，中小学是我"永远的精神家园"。2004年，我回到母校南师附中，开设了"鲁迅作品选修课"。2005年，在北大附中和北师大实验中学分别讲了一个学期的鲁迅：我因此成了大学教授到中学上选修课的第一人。我的讲稿也被整理成《钱理群中学讲鲁迅》一书。我还和几所中学的老师合作编写了《中学生鲁迅读本》，和小学教师刘发建合作编写了《小学生鲁迅读本》。这都为中小学鲁迅作品教学奠定了基础。后来我又主编了《小学生名家文学读本》与《跟着名家学语文》等系列丛书，产生了很大影响，也因此得罪了中小学界的既得利益集团，被一再排斥。这就是我在2007年一篇演讲里所说的"屡战屡挫，屡挫屡战"。于是，我又越过体制，深入到教学第一线具有理想主义教育思想的教师中，倡导"静悄悄的存在变革"，用韧性与智慧，开创体制内的"第二教育"。我先后团结了28位遍布全国的，遍及高、中、下层，城市与农村，公办与民办学校的教师，用写序的方式，为他们的教学实践做理论总结与提升，最后汇成《写在中小学教育的边缘》一书，于2020年出版。这样，我在退休后的晚年，也用了16年（2004—2020年）的时间，把自己终生坚守的教育理想之根，深扎在中小学基础教育之上。这既是教育之根，更是生命之根。

2002年6月27日在北大上完"最后一课"的晚上，我又在北大学生社团"乡土中国协会"做报告，建议北大学生"到农村去"调查研究："只有懂得农民多么好，多么苦，你才真正懂得中国。"2004年，我更是积极地投入到北京师范大学志愿者组织"农民之子"主持的"首届北京市打工子弟学校作文竞赛"的工作中，由此开辟了推动民间青年志愿者上山下乡运动的新天地。先后和"西部阳光行动""晏阳初乡建中心""梁漱溟乡建中心"等志愿者组织建立了密切联系。我所做的工作，主要是提供思想资源，进行理论总结，提倡和参与构建"志愿者文化"。我在《我们需要农村，农村需要我们》报告里，发出"沉潜十年"的号召，以后又在志愿者运动中倡导"静悄悄的存在变革"，都产生了很大影响。我还用很大精力研究20世纪三四十年代的乡村建设运动的几位先驱，最后编成"志愿者文化丛书"，内含《晏阳初卷》《梁漱溟卷》《陶行知卷》《卢作孚卷》《鲁迅卷》，我都做了导读。2019年出版了《论志愿者文化》一书，算是我推动志愿者上山下乡运动的总结和理论成果。

没有想到，到2019年我又有了一个历史性的机遇：在这一年年底，因为一个偶然的机会，我接受了访谈节目《十三邀》从北京养老院到贵州安顺原住地的跟踪采访。2020年这期节目在网上播出，引起了爆炸性的反响。我谈到当下中国"无真相，无共识，不确定"的现实困境，以及和采访者许知远讨论关于"如何面对大自然"的争议。节目迅速在网上传开，据说关注者有数万人，远远超过了我在北大讲课的影响。2021年，我又应活字文化邀请在B站（bilibili）开课谈鲁迅。与听课者在网上对话、交流，这都成了热门话题。我所谈到的面对当下困境，要以"观察、等待、坚守、做事"四大方式应对，引发了数万人（一说10多万人）的思考与热议。这样，我就找到了一个独立知识分子对社会产生影响的新的实践方式。

可以说，2002年退休以来，在21年的养老人生中，我开辟了几大新领域：以贵州安顺为基地，推动地方文化研究与建设；在中小学界和志愿者上山下乡运动中推行"静悄悄的存在变革"；抓住自媒体时代的历史新机遇，对社会和时代的重大问题，及时做出独立思考与判断，并产生巨大影响。

正是这几大思想与实践的结合，我也从根本上改变了自己的历史角色。

尽管我在1997年以后就已经确认了自己将由单一的学者转向"学者兼精神界战士"，但当时我还在北大教授的位置上，重心显然还在学者这一面。退休离职以后，就越来越趋向于"精神界战士"，突出了自己的社会实践，尽管主要还是以学术方式介入，着眼点还在"精神"方面。

以上讨论的，主要是本书自序中说的在退休后愈加成熟的"社会性、时代性"的钱理群。但退休后进入老年期，钱理群长期被忽略的"个人性"方面或许是更值得注意的。

个人性的钱理群

这就要说到2002年退休时说到的"回归家庭"。说实在话，前文列举的社会活动，说起来很辉煌，但确实在老年生活中不居主要地位。大部分时间，还是自己和老伴一起过日子。在享受日常居家生活的乐趣之外，主要兴趣还在读书、写作与旅游，而且在进养老院之前，旅游又是重中之重。

这就有了："湘西行"（凤凰，2002年10月），"欧洲浪漫之旅"（雅典、庞贝、罗马、佛罗伦萨、比萨、维也纳、莱比锡、巴黎，2003年9月），"温馨之旅"（加拿大，2004年7—8月），"挑战极限之旅"（西藏，2005年7月），"追求永恒之旅"（埃及），"南天同行"（台湾、香港，2006年1月），"跨海东去"（美国，2007年7—8月），"休闲之旅"（阿拉斯加，2008年8月），"西北行"（甘肃、青海、宁夏，2009年6月），等等（《1981—2015年纪事》，收于《一路走来：钱理群自述》）。

我始终记得，在西藏看着远处喜马拉雅山雪峰时，给自己提出的一个问题："旅游是什么？"我的回答是：旅游是"回到自然兄弟中去寻找自己已经消失了的童年，去发现和发掘潜在的，或被掩盖、漠视的自我生命的种子，去吸取可以作为未来发展的滋养的生命元素，是去追求人与自然的净化与升华"。我在神农架旅游时，也有这样的感悟：旅游"无非是'走亲戚'，也是'对话'：人与自然两个平等生命的对话"。"我由此获得了一种新的旅游方式：不仅用眼，更用心去感悟、发现，熟悉与理解一个陌生的朋友，和他窃窃私语——

无论在什么时候：黎明，黄昏和黑夜；无论在什么地方：天底，星空下，悬崖边，小路旁"。"不仅是陌生朋友——也是熟悉的。不仅是朋友——也是自己，自己的一部分"。"是'我'中有'他'，'他'中有'我'。神农架里有我过去、现在和未来的生命。发现神农架，就是发现我自己。开发神农架，也是一种自我开发"。

于是，就有了旅游中一个个瞬间——

晨六时即起，去湖边散步。看直立于晨曦中的独木，静卧在波光里的原石，竟有一种莫名的感动，心也变得分外地柔和。

在"京郊寻春""金陵踏青"中，色彩极为艳丽，内在情感极为饱满，真正是"情意绵绵"，将我内心深处对于美和爱的追求，表现得淋漓尽致。

笔立于夜晚的山顶。上面是黑沉沉的天空，下面是黑沉沉的群山，中间是我。再没有，也感觉不到别的，简单极了，也纯透了。只听见彼此（天，地，我）的呼吸，却无言，也无思，什么都凝定了……

而在山洞里的那个瞬间，却无法述说。深处，很深很深的深处，有燕翅的鼓动，有流水的凉意。然后是消失，一切一切的消失，唯有黑暗，黑暗……

这都是渗入、凝定在心中的记忆——

我将西藏之行称为"朝圣者之旅"。"净土"必在高处，深处，非有虔诚者的苦力的追寻而不可见。因此景致被称为"圣湖""圣泉""神木"，人（旅行者）其实都是朝圣者。

在某种意义上，我们自己也是人生道路上的旅行者和朝圣者，我们拜倒在神奇的大自然面前，同时追寻着自己心灵的净土。这里有一种"类似宗教的生命体验和生存境界，这或许就是我所要追求的"，"或许会照亮我晚年的生命历程"。在西藏我没有拒绝教堂里的"摸顶"，顺其自然地就接受了。

我在埃及发现了两个永恒：一个是金字塔、狮身人面像、神庙所代表象征的人类历史与文明的永恒，另一个就是生活在大地上的普通老百姓日常生活的永恒。在远古历史面前，人也同样成了婴儿。而人经过大自然和历史的洗礼，就会恢复自己的天性。我也很自然地把这次埃及旅游命名为"追求永恒之旅"。

印度之行，给我留下最深刻的印象，就是"人脸"与"神相"。我从人脸上看到内在生命中"古代与现代的融合"。而神相与世俗相的统一，则让人感悟到"人性中平凡性与神性的统一"。我用特写镜头拍摄下来,"这是'我'和'人'、'神'的瞬间妙遇,灵性交流,是'真人'的显现"。

我和可忻晚年的家庭旅游,充溢着老年人生所特具的生命气息:既有被遮蔽的内心深处的柔和、绚丽、沉静的唤醒与显现,更有对生命的永恒与宗教般的归宿的追寻,以及对在"人"与"神"之间自由行走的"真人"生命境界的向往。

这里的关键是"回归大自然"。于是,又有了"如何与大自然相处",怎样"用另外一种眼光看待身边的山、水、石头和草木,发现山性、水性、火性、草性与人性的相通"这一老年人生的重要命题。

于是,就有了人与自然相处的两种方式。

一种是"由来美景待文心",由眼前景联想前人诗文,自然景观与文化记忆和文学想象相结合,达到"山水文人化"的境地。但我更醉心的是,人与自然"直接面对面的相晤",如李白所描述的,"相看两不厌,只有敬亭山"。这是心与心的交融,又有诸多层次:先是外在的感官感应("水是醉心绿,天真逼眼蓝"),同时因醉心进入内在生命,先是山与水的互融("水是山之神,山是水之仙"),然后是山、水和我的交融("山水入我心,我在山水中"),最后就达到了浑然的梦的境界("山水入梦幻,我在白云边")。这就是"回归本心,达到景与心的融合和升华"。

另一种是"大自然是要靠你的眼,你的心,去发现的"。我始终记得林庚先生的引领:要有"黎明的感觉",用儿童初醒的心境与眼光,去发现世界。我甚至因此形成了一种新的生活方式,"直到今天住进养老院,也还努力保持这样的习惯:每天早上散步,都以'重新看一切'的好奇心,观察庭院里的一草一木一水一石,并且都有新的发现。散步回来,就有一种新生的感觉":听觉、视觉、嗅觉都被唤醒,精神也被净化了。

有意思的是,我和金波先生也是这样相识相知的。

在《我与童年的对谈》里,金波先生回忆说,"那一天,我们都在散步,我又远远地看见你了。我发现你走得很慢,你在树下走,走一走,停一停,看一看,都是在看树。我认定你喜欢树。对于喜欢树的人,我很自然地就有好感。于是,我主动向前,这次我们算是真正认识了"。

这背后,还有一个重要的理念:大自然就在你的身边,不必着意去追求旅游胜景。"身边的一株小草,星空下一棵树的影子,黎明时分渐亮渐亮的天空,你默默相对,就会悟出文学、哲学的真谛。"我当年就对北大学生这样深情讲道,"我看过春天的、夏天的、秋天的、冬天的未名湖。看过雾中、雪中、风沙中的未名湖。看过黎明、早上、正午、下午、傍晚、夜晚、子夜时分的未名湖。看了几十年，那真是千姿百态、万种风情，看不够，品不尽。"

于是，又有了人与自然的关系"如何表达"的问题。"每次旅游，我都没有文字留下"，"面对大自然，我常有人的自卑感。那些大自然的奇观，让你感到心灵的震撼，就显得无能为力"。

最后我找到了"摄影"。在我看来，"摄影本质上是人和自然发生心灵的感应的那个瞬间的一个定格，是我最喜欢说的'瞬间永恒'。它所表达的是一种直觉的、本能的感应。不仅有极强的直观性，也保留了原生态的丰富性和难以言说性。这正是语言文字所达不到的。摄影所传达的是人与自然的一种缘分；摄影者经常为抓不住稍纵即逝的瞬间而感到遗憾。这实际上就意味着失去了，或本来就没有缘分"。"我的自我表达，也就有了这样的分工：用文字写出来的文章、著作，表达的是我与社会、人生，与人的关系；而自我与自然的关系，则用摄影作品来表达"。

2019年，我出版了摄影集《钱理群的另一面》，算是一个总结，也是终结。此后，我就很少摄影，让自己和自然的关系存留于晚年日常生活和我的生命记忆的最深处。这里的讨论，也都来自这本《钱理群的另一面》。

书中最后一张照片里，我"坐在林中长椅上闭目静听鸟鸣"，"老伴带两个孩子来，与他们谈话"。"我端坐其间，一边是人的声音，一边是鸟的鸣叫，有一种奇妙的感觉"。

为自己写作，为未来写作

时间到了2015年，距离2002年退休进入老年人生已经13年。中国与世界的历史也开始或即将发生巨变，作为一个独立知识分子的处境也越发艰难，种种迹象都让我感觉到，自己的历史角色必须有所调整。于是，我在2014年年终"钱理群作品精编"出版座谈会的发言《权当告别词》里，宣布"我的时代已经结束，所要做的是最后完成和完善自己"。因此，要"告别学术界，告别青年，退出历史舞台"，转向"为自己写作，为未来写作"。

2015年，我和可忻搬进养老院，意味着晚年人生与学术选择的又一个重大转折：由"学者兼精神界战士"转向"以董狐直笔写历史春秋"的"史官"之路，做历史与现实的观察者、记录者与批判者。

由为现实写作为主，转向"为自己写作，为未来写作"为主，这意味着学术研究和写作的目标与方式发生重大变化。

我的学术研究与写作从一开始就具有极强的现实感与时代感，也一直追求社会影响力；但也因此遭遇一个根本性的问题——就是鲁迅说的，考虑到要公开发表与出版，自己写作时，就自觉不自觉地抽掉几根骨头。到出版社那里，又被编辑、主编抽掉几根，最后政审时，还要抽。到正式出版时，读者见到的，就是一部残缺不全的著作，一个残缺不全的"钱理群"。

从2015年进入养老院以后，我的学术研究与写作就真的进入一个新阶段。主要有两个部分。

一是历史性、总结性的著作。主要是知识分子精神史"三部曲"、个人精神自传"三部曲"，还有《爝火不息》(2016年定稿，2017年出版)、《未竟之路》(待出版)、2008年出版的《拒绝遗忘》汇集成的共和国民间思想史"三部曲"。这样的三大"三部曲"，九部重量级著作，就成了我人文学研究的"集大成"。

二是我自己更为看重的，从1999年60岁生日开始的"年度观察史"的写作，即每年年初，都写一篇总结性的文字，把刚刚过去的这一年所发生的重大国际、国内事件，以及我内心的反应，我这一年的所思所想所做都如实记录下来，以立此存照。我要求自己"以历史学家、思想家的胸襟、眼光去做现场观察，并将其放在历史的大视野下，去思考其中的显性与隐性、当下与长远的意义"。这样，我的观察与思考，就具有了双重性："既是普通公民非专业性的，又是历史学者、思想者的专业化的。""这背后还隐含着一个寻找历史写作的另一种可能性"，"要尝试当代政治、思想史的另一种写法，即零距离的、个人化的历史书写"。这样的"年度现场观察和历史书写"，从2015年进入养老院以后就更加自觉，因为其所继承的，正是中国的"史官"传统。

养老人生的人际关系重建

2015年搬进养老院所带来的生命转折的另一方面，是由此开始，自己才真正进入以"养老"为主的人生境地。在新的生存环境、条件下，需要进行人际关系的新调整。

首先是家庭关系的调整："养老"就是夫妻共养，子女供奉。有研究者指出一个无情事实："退休后解体的婚姻，数不胜数。退休导致的夫妻摩擦与伤害，不可忽视"（《退休精神：创建不断成长的有意义的个人生活》）。"在每一场美好的婚姻中，都有过爱走到末路、似乎要散伙的时候"（《九十岁的一年》）。这与养老期夫妻关系的变化直接相关：以往以在生活洪流中相互奔忙的方式联结，现在变成了相互陪伴度过衰老与死亡。所以，养老期夫妻关系有两大特点，一是彼此更加依赖；二是更加突出各自的个体性，需要更大的宽容精神，彼此都要重新认识、承认、尊重对方是一个独立个体。

我和老伴也因此确立了晚年相处的基本原则：要绝对保持个人独立性，夫妻之间彼此也必须有距离，绝不能亲密无间，不仅在精神上，在生活上也必须有各自的独立空间。因此，在选购、安排住房时，就设计了两个独立套间，各有自己的睡床、衣橱、卫生间，关起门来，就是个人独居房，恰当地处理了老人"独居与共居"的关系。

其次我们要解决的是调整与子女的关系。我们自己没有子女，却有一个如何处理可忻与前夫的一男一女两个孩子关系的难题。当年可忻为了早日离婚，被迫把儿女都留给了前夫，成了她的终生遗憾和内疚。幸而可忻的父母，一直保持与两个孩子的联系。后来，我们在北京把家庭安置下来，女儿安莉与儿子小彤都在加拿大安了家。特别当他们有了子女以后，我们就有了重建家庭关系的机会。安莉、小彤两家人几次来北京看望我们。

记得2016年，小彤来看我们，全家住在养老院的客房里，半夜里，小孙子突然急性肠胃炎发作，可忻从睡梦中惊醒，匆匆赶来，用传统点穴疗法，打通其腹部经络，孩子上下通畅，立即不疼了。小彤在一旁看着都惊呆了，并久久陷入沉思。他后来在回忆文章里写道：

> 记得我小时候多病，妈妈也是日夜守护着我，不多说一句话。在我和我姐姐的心目中，妈妈是严厉的，很少有柔情四射的时候。但总是出现在我们最需要她的时间和地方，我们已经习惯于从细微处感受她无言的爱。现在她又把这样的理性其外、深情其内的爱，给了我的儿子，她的孙子。(《从一件小事看妈妈的爱》，收于《崔可忻纪念集》)

小外孙在可忻病危时，还给外婆写了一封信：

> 自己总觉得外婆对我的爱不可思议。我俩对话时，我常常只能用一句不纯正的普通话说声"您好"。"每当回想到我和外婆相处的时光，自己感受到的就是这种极度温暖的感觉。她一直对我有这样强烈的爱，从而总让我觉得有归属感，尽管我们几乎无法交流。(《给外婆的一封信》，收于《崔可忻纪念集》)

2004年我和可忻去加拿大安莉、小彤家里进行了一次"温馨之旅"，以后又和安莉夫妇去夏威夷、泰国、柬埔寨旅游,还一起返回贵州安顺的老家。就在这样密切地接触中,安莉与小彤全家都逐渐认可了我。在一次夜晚的深谈中,他们诚挚地对我说:"我们完全理解母亲对你的感情,为什么她最后选择了你。"可忻远行以后,他们都依然把我当作一家人。因疫情分离三年以后,今年(2023年)安莉与小彤两家都赶回北京,为他们的母亲扫墓,并在可忻房间里小住几日,陪伴我,畅谈一切。

最后,养老人生中,如何构建新的人际关系,或许是更为重要的。人住在养老院里,外边的各种应酬就逐渐退出了老年生活,而内心深处的孤独感又渴望自己能被他人接纳、支持,甚至拥抱,这就需要重建"爱"的关系:重新发现、接受各种各样的爱,也把自己的爱给予各种各样的陌生人。

可忻或许是较早认识这样的老年生命需求的。于是,就有了第一批养老居民终生难忘的记忆:

2016年的中秋夜,我们在崔大夫主持下,燕园古典花园亭子里,举行了一次别开生面的户外赏月音乐会!一群"无龄感"的老人又弹又唱又吟又跳,你方唱罢我登场。连童年时期的歌谣都翻唱出来,把我们难得宣泄的真性情释放出来,恣意狂放地"疯"了一晚,直到灯火阑珊时!歌唱让我们穿越到青春年代、孩提年代,激发了我们内在的活力,也浇灌着友谊的成长!难忘2016年中秋夜,一生只此一次!

2019年可忻住进医院,走上人生之路最后一程。2月17日,可忻又邀请朋友最后一聚。这一天,孩子们为她过生日。三代欢聚一堂:

  既是为即将离去的亲人"庆生",也是为明天就要返程的儿孙送行。这样坦然,这样欢快,这样彻悟!一个知性、率真、通达、洒脱的形象永远在我心底留存。

  那天,离开病房前,她那句"不就是洒脱走一回",久久响在我耳边。(金和增《一群人唱歌多快活》,收于《崔可忻纪念集》)

不难看出,可忻又找到了一种晚年人生的重要存在方式:以养老院里的"沙龙女主人"的身份,将吃喝玩乐的日常生活提升为"休闲文化",在此基础上,构建一个"爱的家园"。这在养老人生中的意义不可低估。研究者曾提出养老院的"气氛成本"的概念:在养老院的衰老气氛对人的心理压力与暗示作用下,特别需要有利于老人生命健康的、"爱"的氛围与环境。

真正发自内心的、超功利的"爱",是建构老年人生的崭新的人际关系的基础。泰康合唱团、"爱乐"兴趣小组的指挥何立方先生是可忻的"忘年交"。他说:

> 接触久了,我感觉崔教授像一个心灵魔术师,在她面前我就像个撒不了谎的孩子。她能一层层轻轻剥去我被世事打磨出的交际伪装,让我把内心藏得最深,根本不可能拿来示人的部分主动倾诉出来。(《我与崔教授的忘年交》,收于《崔可忻纪念集》)

这是真的。"爱"在我们这个世界越来越稀缺,却是老年人不可或缺的。隐藏在人性之中、生命深处的,超功利的,真实、真诚的爱,实在太难得了!可忻越来越自觉地将无私无声的爱撒向一切人,这样不仅构建了全新的人际关系,原有的旧关系也获得新机。

在我的学界、教育界的老朋友心目中,可忻始终是他们的家庭医生,把爱渗入他们自己与亲人的生命中。

> 近三十年了,每当我打电话请教她,她总是不厌其烦,详详细细指导我就医,没有半小时她是不会挂断电话的。有时候第二天、第三天,她还把从网上收集到的

新知识补充告诉我。(王得后《我的崔大夫》,收于《崔可忻纪念集》)

2011年北大中文系每年的例行体检,子平和老钱凑巧在同一拨儿。崔老师和我在外边等候两位先生的结果。崔老师一看子平的血糖指数飙高,比谁都着急,立马下令子平第二天一早去北大校医院专门再验血糖。(张玫珊《崔老师点滴》,收于《崔可忻纪念集》)

学生们也倾心于我和可忻的晚年形象:

(老师和师母)他们的兴趣如此不同,却又相映成趣,其中的相处之道令人着迷。在燕园,我有时会因为在同一个时间里是和老师聊天还是陪崔老师说话而挣扎,两个人都是我不想错过的。(范智红《我的师母》,收于《崔可忻纪念集》)

在世界上的生存有许多我们无法选择的地方,但只要还有一丝可能,崔老师就会选择做她认为最好的一切。……我觉得崔老师正是这样的天人之际的大勇者。(贺桂梅《我心目中的崔老师》,收于《崔可忻纪念集》)

正因为有像崔老师这样的人存在,才让我们看到个体生命可以如此充实而光辉,强大而温柔。她就这样鲜活地、幽默地、娇嗔地、骄傲地活在我们身边,在凡俗生活的点点滴滴中,告诉我们"人的一生可以怎样度过"。(李静《我心光明,向死而生》,收于《崔可忻纪念集》)

当然,养老院也不是世外桃源,这是我一再说的,感受也是越来越深切——这也是一个"中国小社会",还存在着无法避免的"老人的代沟"。养老院里的老年人大体分几个年龄段:1949年以前出生的一代,新中国成立初期出生的一代,"文革"中成长的一代。不同政治、历史背景都会造成老年人之间的分歧,以致纠纷、内斗,还有"打官司"的。在疫情、后疫情时期,更陷入了我所说的"无真相,无共识,不确定"的困境之中。

这一切,都深刻地影响到老年人生的处境与选择。我和可忻也不能免:正当可忻在"医学与音乐的结合"这里找到了自己生命的归属时,她所在的"爱乐"兴趣小组却为"老年唱歌追求什么,是进行功利性的表演,还是超功利性生命呈现"发生分歧。始终坚守老年理想主义的可忻最后毅然退出,不久就病倒而结束了一切。

这却成了我的研究课题:"养老院里人与人之间如何相处?"我写了相应文章(见本书《关于养老人生的修养问题》),提出了两个原则:一是"扬善抑恶","一个好的社会,一个好的群体,都是扬善抑恶的。人们身处其中,自觉不自觉地,或者说自然而然地就显示自我人性中好的方面,压抑恶的方面,以善相处。"二是人与人之间又应该是有距离的,"距离产生美"。人性与人际关系的单纯化,应该是养老人生追求的生命境界:这就是"返老还童"。

2023年9月

02 把『养老学』作为我们新的事业

中国养老问题存在一个
不可回避的事实

我的"养老学研究笔记",要从抄录一篇关于"农村老人自杀现象"的报告开始。这是《中国青年报·冰点周刊》刊登的一篇文章,题目是《农村老人自杀的平静与惨烈》。记者采访了当时武汉大学社会学院的讲师刘燕舞,他曾经主持国家社会科学基金项目《农村老年人自杀的社会学研究》,走进湖北、山东、江苏、山西、河南、贵州等11个省份的40多个村庄,基于驻村400多天的调查数据,绘制出了一条"农村老年人自杀率"的曲线,结论是"从1990年开始,中国农村老年人自杀率大幅上升,并保持在高位"。与此同时,据香港大学公布的一份研究报告,2002—2011年,中国的年平均自杀率陡降一半,"跌至世界最低行列"(《中国青年报》,2014年7月23日)。这大概是遍及中国的"两极"现象。人们见怪不怪,至今也很少有人关注农村老人自杀问题。2020年全国政协委员王学坤提议,"将推行农民退休制度作为全面建设小康社会的显著标志,让65周岁以上的农民都能够'洗脚上田,老有所养',充分享受全面建设小康社会带来的成果"。但可惜提案未被通过。

让人触目惊心的是,农村老人的子女与村民对老人自杀的反应。刘燕舞还曾写道,一位老人因与儿媳妇不和而自杀,老人的儿子(曾当过村支书)没有像刘燕舞以为的那样责怪妻子,而是"很坦然"地说:"人总是要与活人过的,难道还与死人过日子不成?"周围的村民也觉得犯不着议论并得罪老人的儿子,"死了也就死了"。

更令人震惊的是,在农村老人寻死的故事里,还发现了"他杀"的影子。一位病危的父亲,由于前来探望的儿子的几句话,考虑减轻儿子的压力而选择了自杀。刘燕舞对如此不可思议的怪事这样解释:"现代性讲究市场理性,讲究竞争,看重核心家庭的利益最大化。"当农民之间,甚至一家父子、兄弟间都开始按市场的思维方式处理关系,人们开始算账:假如花3万元治好病,老人能活十年,一年做农活收入3000元,那治病就是划算的;要是活个七八年,也不太亏本；但要是治好病也活不了几年，就不值得去治。在不少老人心里，这笔账的算法是成立的。"农村自杀的老人中，有超过一半带有'利他'性质"：这些老人不想变成子女的累赘，自杀也将给子女带来收益。甚至，他们即使自杀还处处为子女着想。他们有的不会在家里自杀，而是选择荒坡、河沟，帮子女避嫌；或者不是在与子女争吵后自杀，而是待到关系平静后再自杀；还有如果两位老人都想自杀，也不会选择在同一天或同一屋自杀，而要错开时间，以免对子女家庭产生不好的影响。刘燕舞认为，"一些老人说，宁在世上挨，不往土里埋。所谓'利他'的表象背后，实质上更多的是绝望"。

刘燕舞的老师、华中科技大学中国乡村治理研究中心主任贺雪峰，将这种已然形成的"自杀秩序"归因为"代际剥削"：自杀的老人年轻时"死奔"（干活干到死），给孩子盖房、娶媳妇、看孩子，一旦完成"人生任务"，丧失劳动能力，无论是物质或情感上，得到的反馈却少得可怜。"被榨干所有价值后，老人就变得好像一无是处，只能等死。"老人自杀潮多出现在这样的"代际剥削"大行其道的地区。刘燕舞认为，在病态的老人自杀现象背后，更多的是经济高度分化后给中年人带来的集体焦虑，那就是他们如何在市场经济社会中轻装上阵，参与激烈的社会竞争并胜出。无疑，作为比他们更加弱势的老人，就成了他们要甩掉的包袱。"我自己负担都这么重，我哪能顾得了老的？"一些接受访谈的农民直白地告诉刘燕舞。"老人自杀"现象背后，更是隐含了一些深层次的问题：中国的市场经济发展道路造成的两极分化，严酷竞争形成的农民生存压力，以及所谓"市场思维"，根本改变了中国农民（国民）的人性。这或许是更令人焦虑的。

我不想否认，刘燕舞团队的研究报告对我思想的巨大震撼。本来，我对养老问题的关注与思考，是从自己进入老年的生命体验和人生发展需要出发的，因此我的关注与思考，也就自然集中在中上层老年生活的范围。尽管我从自己的价值理想出发，也关心底层社会，甚至一度注意到包括农村老人、青少年在内的自杀现象，但这都偏于理性，缺乏直接的感性接触、观察与感受。特别是2015年进了泰康（燕园）这样的高级养老院以后，我就离底层、农村社会越来越远，甚至有些麻木了。现在，如此惊心动魄的"农村老人自杀现象"突然摆在我的面前，我真有些受不了。它超出了我能够想象与理解的范围，它更让我突然意识到自己对中上层老年人生的关注、思考的局限——要讨论与研究中国的养老问题，绝不能忽视底层社会老人的真实的生存危机。他们的养老需求与权利，应该是我们建构"中国养老学"的前提与基础。

我之所以要迫不及待地将刘燕舞团队的研究报告详细摘录于此，并作为我的"养老学研究笔记"的第一篇，正是要提醒自己和有可能读到我的文章的朋友：千万不要忘记还在为基本的生存而苦苦挣扎的底层社会的老人！

不过，我也不想因此走向否认对中上层老人养老人生的思考与研究的意义和价值的另一个极端，我自己还要继续坚持这方面的探讨。事实上，社会各阶层的养老人生内在理念与需求也是相通的，"老人健康地、有尊严地、有意义地活着"的需求与权利，是属于所有老人的。

2021年8月22日

关于"养老学"研究和养老人生的一些思考

| 2021年10月9日在燕园北大校友沙龙座谈会上的讲话

在4月24日召开的北大校友会座谈会上,我提出了"把'养老学'作为我们新的事业"的倡议。很高兴,我的这一倡议已经被校友会接受,今天讨论的任务,就是如何将其具体落实。我也借此机会向诸位汇报我在4月到10月这一段时间的相关思考。

这一期间,我读了一些外国和本国专家关于"养老学"的研究著作。首先想到的是,我们要从事的"养老学"研究、所讨论的养老人生,与国外专家的研究与讨论,应该有所不同。

其一,它是中国的养老,与美国、日本的养老有共同之处,更有自己的特点。其二,它又是"我们这一代人"的养老，我们的出生与经历集中于20世纪20~70年代，有优势，也有我们的问题，和父辈的养老是不同的。其三，它更是具体的"个人"的养老，是钱某人的养老人生。我们不是讨论一般的养老，而是讨论"自己"的养老，这是我们这些养老院居民的养老研究与专家的研究的不同之处。这样的"个体养老"，是"养老学"、养老人生的最大特点。我们讲"养老医学""安宁疗护"都必须个性化，每一个人的病理、心理问题不一样，处理也完全不一样。其四，我们面对的养老人生，还有时代特点：它是疫情与后疫情时代的养老，是长寿时代的养老，不同于在此之前的养老。

这就是我们今天要讨论的"养老学"、养老人生所特具的四大特征：有中国的"民族性"，有我们这一代人的"历史性"，有我们自己的"个人性"，以及有处于大变局中的、当今中国与世界的"时代性"。这是我们在进行"养老学"与养老人生的研究时，必须首先把握的。

如何进行老年"再学习，再创造"，构建长寿时代新的养老人生？这是我们今天要重点讨论的问题。以前"人到七十古来稀"，现在我们的寿命已延长到八九十岁，甚至百岁了。这就意味着老年人角色的变化，社会身份的重大转换：从纯粹消费者转变为消费者与生产者的结合。过去，我们把人生分为"学习—工作—退休"三阶段，这样的人生结构在长寿时代就要瓦解重构，终身学习与终身工作成为常态，在"老有所医""老有所乐"的两大养老课题之外，还要提出"老有所学""老有所为"，形成养老人生的四大课题。

那么，如何寻找、探索、创造"老有所学，老有所为"的新天地？我在4月份的校友座谈会上提出"把'养老学'作为我们新的事业"的倡议，我们今天就要讨论如何具体落实。

我的基本想法是要充分发挥每一个志愿参与者的兴趣、爱好、特点。因此，在充分考虑可操作性的同时，必然有一个个性化、多样化的设计。我建议，可以组织三个方面的活动，并组成相应的小组开展活动。

第一个方面，是举办各种"再学习"的讲座。在这方面，特别是在组织科技讲座方面，我们已经取得很大成效。现在是不是可以更加"系统化"和"学科化"？主动建立"老年科技教育""老年人文教育""老年医学教育"等教育体系，不只是一般的知识讲座，而是要当作一门学科，探讨如何根据老年人的需要、特点，进行更有计划，更有针对性，也更有效的老年知识教育。这方面是有很大发展空间、尝试余地的。

这里，我想专门介绍我的老伴崔可忻生前制订而未能实行的"老年医学教育一百讲"的计划。它有五个要点：其一，它是包括所有医科（外科、内科、牙科、妇科等）在内的全科教育，特别注意各种疾病的内在联系。其二，它以医学知识为主,但也涉及医学心理学、医学社会学、医学伦理学、医学哲学等学科的相关知识。其三,它注重知识的讲授,更注重结合临床经验,提供具体的医学常识。其四,它关注老人在就医中的疑难问题,用老人能够接受的语言和方式,和老人一起交流。其五,它还有针对性地提供国内外医学研究、临床实践的最新成果。这样的设计,显示了极强的创新意图:要开创一个不同于以往学校与社会医学教育,适应于养老社区的特殊对象与特殊需求的"老年医学教育新模式",成为"养老医学""养老文化"的重要组成部分。我期待,在座的原来从事医学事业的医生、教师、行政管理者,能够把可忻的遗愿变成现实,组织开设这样的系统医学讲座,创造出"老年医学教育新模式"。在我看来,这都是对医学和医学教育的新发展、新贡献。

第二个方面,是组织各种养老文化兴趣小组。我注意到,我们社区已经组织了各种有关老人日常生活、娱乐的兴趣小组,为实现"老有所乐"的目标打下了很好的基础。我想能不能在此基础上,引入"养老文化、养老美学"的概念?不满足于吃好、穿好、玩好,还追求背后的文化、美学意义,组织如"饮食文化研究""服饰文化研究""休闲文化研究""儿童、老人玩具研究""日常节日、节气文化研究""民间民俗文化研究"等兴趣小组,举办相应的讲座、电影电视欣赏活动等。

这就可以同时满足老人物质、精神两个方面的需求，做到"享受"养老人生，其意义不可小看。

第三个方面，是建立"养老学"读书、研究小组。它带有一定的学术探讨的性质，不宜采取今天这样公开的、大规模的讲座形式，应该是小范围的内部学习与讨论。首先是"再学习"。应该承认，在"养老学"研究方面，我自己，以及在座的朋友，都是"门外汉"。这是一个超出我们知识范围的陌生的全新领域。仅凭自己的人生经验、生命体验，勉力写几篇思考养老问题的文章、演讲稿，或许可以，但很难持续，更不用说最后拿出具有学术研究性质的成果。这就需要变换自己的角色，当一名高龄的"小学生"，从老老实实研读中外"养老学"研究论著做起；并在研读过程中，把自己关于养老人生的思考，从碎片化的感悟，逐渐系统化与理论化。我们也不必放弃自己的人生感悟相对丰厚的长处，而是探索如何把生命感悟和理论概括、提升这两者有机结合起来。这样写出来的读书笔记可能有些"不伦不类"，但"不伦不类"或许就是我们这样的养老院居民的"养老学"研究的特点：我们的"养老学"研究的"问题意识"产生于自己的养老人生所遇到的实际问题；但又要进行理论的提升，具有严肃认真的学术探讨性，而且可进行学术探讨的领域是相当广阔的。

前一段时间，我和一些居民朋友探讨过"老年人生的尊严问题""老人中的无神论者的彼岸关怀问题",都非常有意思。我们今天讨论提到的"生死观""养老人生的设计""老年人的修养""老人生命中的人性""养老院里人与人之间如何相处"等,都有待我们去探讨,我也充满好奇心。

最后,想用我到老年最喜欢说的一句话结束:"想大问题,做小事情。""养老学"、养老人生这样的"大问题",最后都要落实到具体的一件一件的"小事情"上。

读陈东升《长寿时代的理论与对策》一文有感

老年人的价值要重新认识、定位和发掘,而不是定位在社会资源的消耗者上。

老年人的需求将不是维持生存,而是实现自己的愿景。

老年人的生产力和创造力甚至可能随着年龄的增长而提高。

说得真好。我自己对此就深有体会。

我63岁退休,迈入老年阶段,一直到今年(2020年)81岁,将近20年,一直保持着旺盛的创造力和想象力,处于生命的高峰状态,远远超过之前的中年,甚至青年时代。从

2015年7月进入养老院这5年，更是进入最佳状态，写了三本最重要的学术著作，约250万字，还写了两本思想随笔、学术随笔，有50多万字，编了一本摄影集，共计约300万字，平均每年60万字，不仅数量上前所未有（过去最多一年写50万字），而且质量上也是最高水平，是我真正的成熟之作。

还可以向大家报告的是，在因疫情而管控的4个多月里，我又写了30多万字，真是"思如泉涌，手不停笔"。更重要的是，精神状态、学术状态也不一样：青年、中年阶段的思考、写作，很容易被时代潮流所裹挟，有一种紧迫感和焦虑感，总是静不下来，沉不下去。这样的匆忙赶作，容易浮在表面，也站不高、看不远，缺乏学术应有的高度与深度。到了老年，尤其现在，可以完全静下来，既沉浸其中，又能跳出来，进行有距离的、更高层面的追问和思考。而且，排除了任何功利目的和顾虑——这样的功利性，只要在岗，处于某种职位之上，就不可避免。如今在养老状态下，我可以真正"为自己写作"，凭一己之兴致，任意尽兴挥洒；也可以"为未来写作"，就有更大的历史感，超越时空，与想象中的另代读者对话，追求自我学术生命的永恒。这一段封闭式写作，更加接近这样的生命与学术的理想状态。

当然，我不敢把自己的这一"经验"绝对化、普遍化，但至少说明，老年人依然可以攀登生命的更高峰，其创造、想象的潜力是不可低估的。另外也要看到，老年人的生命毕竟处于"带病生存状态"，我自己就患有高血糖、高血脂等多种疾病。但只要身体保持相对健康状态，在被疾病压倒之前，还是有发挥的时间和空间。现在，是社会和我们自己，重新估量老年人的生命价值，提高老年人的生命质量的时候了。

或许更为重要的是，我们正处于人工智能引领的新科技时代。这正是陈东升先生文章里提醒我们的：必须改变工业化时代的"教育期—就业期—退休期"三阶段论，把退休后的老年阶段，看作一个以维持生存为主的消极、消费阶段。我们必须跳出这一认识误区，赋予老年人一种更积极的意义：这是一个生命的再创造时期，"发挥银发智力继续创作与生产"的时期，继续创造财富、提供社会服务的时期。而新科技时代正为这样的"再创造"提供了新的条件。这就是许多学者都提到的，"当代信息技术革命创造了'人脑与电脑相结合'的新的思维活动模式，新的知识创造模式，新的活动方式"，甚至可以说，"人工智能和人类智力的结合"，将是未来经济、社会、科学技术发展的基本方式。老年人的智慧、学识、阅历、经验，正好可以"增加智力要素的供给"，显示出特殊的优势和价值。如何重新发掘和发挥老年人的作用，正是长寿时代必须面对和解决的历史新课题。

新科技的发展也正为行动力受到限制的老年人继续发挥

其智能提供了条件与可能。这就是陈东升先生在文章里所说的,"我们正处于一个科技驱动的转型期,对体力劳动的需求在持续减少或者可以被机器人所代替,互联网正在重新组合生产要素,使得空间上的移动需求大大减少",养老社区正可以"为长者们发挥余力反哺社会搭建新的平台,通过提供远程教学、搭建专家平台等方式,让长者们积累的知识经验持续指导社会生产,持续创造价值","创造属于他们自己的'第三次人口红利'"。看来,一边养老,一边继续在自己的专业领域——教育、科研、经济管理、医疗、工程等,进行再学习、再就业、再创收,是完全可能的——这将是另一种更为丰富的养老人生。

在我看来,还有一个领域,值得有兴趣、有能力的老人去开拓、创造,甚至成为自己的"新职业",这就是"养老业"。养老本身就是一种"事业":它不仅是经营,更是知识和文化。在今天这个"知识经济"主导的"知识社会"中就更是如此。养老机构在初具规模以后,就应该把创立"养老科学"提到议事日程上,它包括养老经济学、养老管理学、养老社会学、养老伦理学、养老心理学、养老医学、养老音乐和文学、养老运动学、养老哲学等极为广阔的领域。它当然需要有一支专业队伍,但我们这些养老院里的居民,也应该成为其中不可或缺的成员,也可以算是志愿者吧。而且我们也自有优势：不仅有切实的体会，实际的要求，而且我们的专业知识和经验，更是建立多学科的"养老学"所急需的知识财富。在这方面，还有许多组织工作要做。我们自己也可以从不同程度参与创建"养老学"中获得生命的新意义、新价值。

总的来说，理想的养老人生应该是一个多彩人生。每个人可以根据自己的兴趣和条件，做出多种选择：或致力于财富的新创造，智力的新开发；或参与养老事业的新开拓；或倾心于休闲养老，等等。我们所追求的是："各取所需，各有所值，各有所归。"

这一切，都还只是开始。5年前进养老院之时，我就表述过这样的意思：中国的养老事业还处于开创阶段，要真正成熟，并形成自己的特色，至少需要10年的探索和积累。现在刚过5年，就已经初具规模。我们这里所做的也只是初步的总结。期待再过5年，会有更全面、深入的讨论。

2019年10月—2020年6月陆续写成

商业理想主义与养老思想

| 《长寿时代：从长寿、健康、财富的角度透视人类未来》序 [①]

一个多星期以来，我都沉浸在陈东升《长寿时代：从长寿、健康、财富的角度透视人类未来》的阅读中。这是一本研究人口问题与经济发展、企业商业模式关系的大书，其中融合了多学科、多行业、多专业的研究与思考。我是外行，无法进行学术性的评价，只能作为一个人文学者，特别是作为陈东升所说的"泰康居民"群体的一员，谈谈我的读后感，以及本书引发的一些思考。

首先想到的，是我和泰康的关系。我是2015年"泰康之

---

① 在已出版序言的基础上有修订。——编者注

家·燕园"投入运营一个多月以后搬进燕园的,算是第一批居民。在此之前,我和老伴崔可忻几乎跑遍了北京的养老院,最后选择了泰康,其中最重要的理由,就是我们看中了泰康的经营者办养老社区不仅是为了赢利,更是把它当作"事业"来做。而且我第一次和陈东升见面时就提出,中国的养老事业才开始,要走向成熟,办出"中国特色",非下十年苦功不可。这一次,我读了此书中陈东升的自述才知道,他早在2007年就产生了要"进军养老产业"的念头;2010年泰康之家正式成立;2015年泰康之家·燕园开张;到2020年已在全国范围布局22个城市,北京、上海、广州、成都、苏州、武汉、杭州7城已投入运营,居民达4400余人;2021年推出这本对泰康实践经验进行理论提升的专著,基本上建构起泰康"中国特色"的养老事业的大格局,前后不过14年的时间。而且泰康下定决心,要下苦功,长成中国与世界养老行业异军突起的"参天大树",这不能不说是一个奇迹。而我自己,因为老伴2018—2019年患不治之症而引发了对生命的重新思考,在老伴远行之后开始了对"养老学"的关注,从而与泰康的养老事业发生了更为密切的关联:这大概真是一种"缘分"。

于是,就有了"于我心有戚戚焉"的三个方面的思考与讨论。

（一）

首先触动我的，是陈东升"对于企业来讲，战略高于一切"的战略胸怀与眼光。他是"站在宏大语境上，积极思考未来"这样一个大视野下，给自己的保险、养老事业定位的。打开这本书，我们就看到了这样的"题记"：

站到一万米的高空看这个世界，身处一百年的时空观察这个世界，才能有远见与坚持，才能不出现偏差，才能看得更早、更远。

陈东升将其称为与"商业机会主义"对立的"商业理想主义"。在我看来，这正是陈东升区别于其他企业家的独特之处，也是他能够创造商业奇迹的秘密所在。

而且，这绝不是说说大话、空话而已；陈东升是认认真真地在观察、思考，以"提前洞察，顺势而为"。应该说，陈东升对于时代提出的大命题是相当敏感的，他明确提出，"如果以这次世纪大疫情作为下一天的零点"，就会切实感到"人类正站在一个时代的十字路口"，可谓"百年未有之大变局"。这样一个"后疫情时代"的中国与世界所面临的问题与走向，正是包括我在内的许多爱想问题的人所关注的。因此，也如陈东升所说，对这个"百年未有之大变局"的解读，也是见仁见智。难能可贵的是，陈东升对此做出了自己的解读，可

以称之为"陈东升论题"。他如此娓娓道来:

> 从百年时空的跨度来看,我们面临的时代变局包含三个层面。首先是全球化和世界格局的大变局,其次是以碳达峰、碳中和作为发展目标带来的文明形式与生产生活方式的大变局,最后是长寿时代带来的人类作为一个物种自身的大变局。这三个问题相互影响,将成为影响全球未来的主要力量。

在我看来,这是"言之成理"的。它让我们面对后疫情时代中国与世界的三大变局:政治、经济、社会的大变局,人与自然关系的大变局,以及人类自身的大变局。我曾经说过,这次疫情暴露了"全世界都病了"的无情现实:所有的现行社会制度、发展模式与文明形态都出现了危机,而且在后疫情时代,必然引发各种社会制度、发展模式、文明形态之间的大博弈。疫情更暴露了人类长期试图"征服大自然"而遭到报复的无情现实。病毒与气候两大威胁很可能成为后疫情时代笼罩全球的巨大阴影。于是,就有了陈东升所说的"以碳达峰、碳中和作为发展目标"的人类"文明形式与生产生活方式的大变局",以进入"生态文明的时代"。

陈东升不同意对未来世界的变局及其带来的新问题持悲

观的态度。在他看来：

> 前一个时代的尾声也必然是后一个时代的先声。当大多数人被悲观情绪限制想象力时，我们也会错过长寿时代穿过乌云投下的第一缕阳光。

因此，他提出不能"站在过去看未来"，而要"站在未来看未来"，相信"政府、企业和个人""追求和谐发展的内在冲动"，以及"微观层面的自适应能力"，相信"科技创新、制度创新与认识创新"的力量，相信"人类能够破解未来面对的挑战"。

在陈东升这里，"长寿时代是一种新的适应性世界观"，是对人类社会未来的新认知，其所关注与期待的是"人口现象背后一系列的经济与社会形态变化"。由此，形成三大概念与体认："长寿时代'启动'健康时代"，"长寿时代'呼唤'财富时代"，"长寿时代吸收数据时代的发展成果"。这三者"深刻改造人类社会经济，激发全新的解决方案"，"让人们在长寿时代对美好生活的向往成为现实"。这样，陈东升提出了三个关于"平衡"的理想：政治、经济、社会的平衡，人与自然之间的平衡，以及达到新的人口均衡。

这里所表述的是陈东升最为看重的"商业理想主义"。而我想指出的是，这样的商业理想主义带有鲜明的时代特点。我因此注意到，以陈东升为代表的"92派"企业家，他们成长于20世纪80年代这个思想解放的大时代，受到启蒙主义的教育，是改革开放的骨干力量；到90年代初又带头下海经商。他们的理想主义既带有毛泽东时代的色彩，更具有改革开放时代的特色，即陈东升所强调的"企业家精神"，其核心就是要"让理想照进现实"。"活着就是为了改变世界"是他们的基本信念，而且达到了"近乎教徒般的执着与疯狂"程度。他们因此有着高度自觉的参与和引领中国社会变革的责任感，给自己提出的历史使命就是"为人类社会即将面临的最大挑战提供切实可行的商业解决方案"，"用市场经济的方式方法，全心全意地为人民服务"。因此，在陈东升这里，商业行为的背后，始终具有强烈的社会关怀，也具有引领社会变革的自觉意识；同时又保持稳健态度，把自己的行为限制在商业范围内，"坚持长期主义，避免盲目出击"。这都显示了少有的独创力，又表现出少有的成熟性。这本身就构成了20世纪八九十年代新兴企业家的宝贵传统。

这自然引起了我的共鸣，因为我也是这样一路走过来的知识分子。我从来都认为，一个社会大变动的时代，极需新的理想主义（也包括乌托邦主义）的引领；而陈东升所期待的"影响当下世界格局的关键变量，在碰撞调整后逐渐进入一个新的平衡状态",以及人与自然的"生态平衡",人口"均衡状态"这三大平衡,也正是我所期待的后疫情时代的中国与世界理想化的发展趋向。但从80年代以来我获得的经验,使得我在具有强烈的理想主义的同时,也形成了怀疑主义的思维习惯,对历史大变局中的中国与世界的未来,既充满了期待,也满怀疑虑。其实,陈东升对此也是有所认识且有一定的心理准备的。他因此提出了长寿时代的"灰犀牛"问题。他提醒说:"长寿时代的美好未来固然令人振奋,但是现实和理想之间充满了不确定性。这就像当年的航海家憧憬着新大陆,但眼前的大海却神秘莫测。"无情的现实是:"在未来的长寿社会,个人与家庭、政府、企业都将面临一场大考",我们正"站在长寿时代的十字路口","前方或充满荆棘,也可能鲜花遍布"。我们对各种可能性,都做好充分准备了吗?

(二)

陈东升把他的商业思想归结为"从人出发,最后又回到人自身"。泰康的司徽、司训的核心思想是:"奉献社会"和"以人为本",一直坚守"尊重生命,关爱生命,礼赞生命"的价值观。陈东升宣称,他的"长寿时代"的理论与实践,就是"一个关于人的命题",其核心是要以人的生命的健全发展为中心,推进"政治、经济、文化"的"重新构造"。这些都深得我心——我是一直将鲁迅的"立人思想"作为自己的基本信念的。也许我们彼此的思想资源不同,但对人的关怀,还是让我们想到了一起。

陈东升这本书的最大吸引力,就在他把关于人的命题,特别是长寿时代老人的生命形态的观察、思考与讨论,贯穿其中,我读得津津有味,并试图将其概括为八个方面。

其一,"老有所为"。陈东升首先提醒我们注意,长寿时代的老人健康预期寿命的延长,导致老年人生的广度与厚度发生变化。他指出,在传统观念中,"人到七十古来稀",但如今一些老年人80岁时还保持着"身体上、精神上的完满状态以及良好的适应力"。我自己对此就深有体会:我2015年76岁来到燕园,到2021年82岁,我的精力、精神、思考力、想象力、创造力,都处于最佳状态,我的研究与写作在晚年出现了新的高峰。这是完全出乎我意料的,我也因此分外珍惜而格外努力。这说明长寿时代的老年人的潜力不可低估。我们不仅要关注、保证"老有所养,老有所医,老有所乐",也要充分估计"老有所为"的可能性,并为之创造条件。陈东升在书中谈到,他2010年到美国参观访问养老社区,发现"即便是在百岁晚年也可以如此有活力、有尊严"而感慨万千；现在，我们也可以说，中国的老人也可以"充满生命力量"地安度晚年。陈东升如此问道："百岁老人应该是什么样子的？"这是一个具有一定想象空间、饶有兴味的问题。

陈东升由此发现了长寿时代"老有所为"的特殊内涵、价值和意义。他强调长寿时代老年人角色的变化，"老年人的社会身份"的"重大转换"，即"从纯粹的消费者转变为生产者和消费者的结合"。这也就意味着"个体人生阶段的尺度变化与节奏变化"："过去我们将人生分为学习、工作、退休三个阶段，老年人退出经济活动，成为资源的消耗者，在长寿时代，这种节奏必然会瓦解重构，变得更加灵活，终身学习和终身工作也会成为常态，老年人可以重新创造价值。"这样的转换、重构的另一个大背景，就是新科技的发展。知识经济时代的到来，越来越凸显了知识、智力的价值，"老年人的人力资本优势在未来将明显发挥作用"。而"平台经济和雇佣形式的多元化"，更是不断降低了老年人参与经济活动的门槛，出现了经济学家所说的"零工经济"，越来越多的人从事"非全职工作"：这都为"老有所为"打开了全新的天地。而"长寿经济的未来很大程度上取决于老年人在其中的行动"，"老年人在经济活动中的话语权越发增大"。

其二，"老有所学"。这就意味着老人再就业内涵的变化，他们不仅在原有专业范围内发挥余热，还可以开拓新领域。这样再学习以后的再就业，对于老年人的人生发展还有一种特殊意义和价值。我们知道，人在童年、少年、青年阶段都会有许多的"梦想"，对自己的人生有多种设计。但到成年期，真正实现的只是其中的一个方面，甚至还很有可能"做非所想"，其实每一个人内心都会有某种终生的遗憾。老年时期的再学习、再就业就提供了一个弥补遗憾的机会。陈东升正是据此提出，在泰康养老院里，每个园区都必须拥有"一个实现年轻时候所未尽梦想的开放大学"。这样的设计，是十分人性化的。

其三，"老有所医"。陈东升根据他对长寿时代的老人健康问题的关注和思考，提出了长寿时代养老医学的三大概念与要求，颇值得注意。一是为保证老人的健康，对老人身体的治理必须是综合性的，从以疾病治疗为主转变为全生命周期的健康维护，这应该成为长寿时代老年医学的基本原则与模式。二是"个体化医学"的概念，更关注"个体化"的人，关注人的生命个体，将一个人的基因、环境、生活习惯差异考虑在内，为患者制订个性化的治疗方案。三是对老人的医疗治理和健康服务必须"以患者为中心"，这是一种"主动型慢病管理"，老年患者及其家属都主动参与治理，必须保证医疗信息的"共享和参照"，让患者对自己的疾病有更多的知情权与控制力。在我看来，这三大原则其实都是未来医学发展的新特点与新趋势，我们正可以从最需要照料的老人开始。

其四，"老有所乐"。在陈东升看来，长寿时代，在相对宽裕的经济基础上，老人衣食住行的基本需求更加转向娱、教、医、养等高级需求，不仅有物质消费，还有精神消费，吃喝玩乐、梳妆打扮的日常生活背后涉及饮食文化、服饰文化、娱乐文化、节日文化、民俗文化等。这就意味着，老人将由被动地"养老"转向主动地"享老"，以一种崭新的生活方式去面对老年人生。

其五，陈东升还提出了一个重大命题，即把"对人性的发现"作为初心。这是一个有待深入探讨的课题。我最近在燕园北大校友会上做了一个演讲，谈到老年"人学"的研究，提出了一个问题："老年'人'作为人生最后一个阶段，有什么特点？"并归纳出四个特点，即"回归童年""回归土地及大自然""回归宗教文化（关注彼岸世界）""回归历史"。

在这里，我还想再深入一步：不是一般地探讨老年"人性"，而是要具体地讨论，我们70~90岁这一代"泰康居民群"的"人性"问题。如陈东升所说，这是"新中国的第一代、第二代的建设者、奋斗者"，这一代人优势明显，自然成为泰康最宝贵的人力资源。但我们还可以追问：这一代人有什么弱点，需要在晚年进行补课？我多次在不同场合说过，我们这代人,在很长时间内,都热衷于"与天斗,与地斗,与人斗",还没完没了地"与自己斗"。这七斗八斗,就把人与人的关系、人和大自然的关系,以及和自己内心的关系,弄得十分紧张,实际是扭曲了自己的人性和人生。所以,就要抓住进入老年的最后时机,进行弥补。我们的养老人生,就有了一个目标:要恢复人的本性、真心、真性情,取得与自然的关系、与他人的关系以及与自己内心的关系的三大和谐,借以调整、完善我们的人性与人生。这大概就是中国养老的特殊性所在吧。

其六,这也涉及陈东升所提出的另一个重大命题:长寿社会一定是适老化社会,每一个长寿社区都要为居民提供一个"适老的小型社会"。所谓"适老",就是适合老年人居住,能满足老年人生命发展的需求。这朴实的话语背后有着丰富的内涵,是一个十分重要的养老业、"养老学"概念。老年人生命发展的需求,主要有二。首先是"健康"。而老年人的身心健康状况与相应的需求又分为三个阶段。第一个阶段是身心基本健康、具有独立生存能力阶段,其任务是促进老人的生活观念、生活方式的改变;在不能自理的第二阶段,老人生理上的不适、痛苦,心理上的孤独感、焦虑感以至恐惧感都会达到极致,需要特殊的精心照料、一对一的帮扶;第三阶段是生命的最后时期,也即安宁疗护阶段,其任务是最大程度减少老人生理上的疼痛,帮助老人"有尊严地走完人生最后一段路",争取生命的质量。其次是"精神生活"。陈东升强调,"对老人来讲,精神生活的重要性不亚于躯体健康和心理健康",如果说身心健康是维持老年人正常生活品质的前提,那么精神追求就是保证老年人幸福的关键。他由此提出,要把养老机构建成老人的"精神家园","为老年人带来身心的归属感,'家'的感觉"。而这样的精神家园的建构,在实际运作中并非易事。前文谈到,必须对我们这一代在无休止的斗争年代形成的思维方式和人性上的弱点进行反思,做一定纠正与调整。这也涉及老年修养、老年心理学的理论与实践问题,这都需要进行更深入的探讨。

其七,对"老人家属群体"的关注。陈东升强调"代际互惠",不仅关怀老人个体,也关怀其家庭与家族,要求泰康养老要"从服务一个人,扩展到服务一个家庭,甚至服务一个家族"。这也抓住了要害:强调敬老、养老的家族文化本来就是中国传统文化的一大特点;这次疫情的居家隔离,更是把"家庭"在人的生命中的重要性推到了更加突出的地位;而人到了老年,不仅在经济上越来越仰赖子女,而且越接近生命最后阶段,对基于血缘关系的家庭、家族之情也越发依恋不舍。陈东升的特点,正在于他把对老人个体生命与家庭、家族群体关系的这种认知,转化为一种经营模式,推出"幸福有约"和"纪念园"等全新产品,之后又推出"青少年版幸福有约",引导父母为孩子投保或者爷爷辈为孙子辈投保。这样,泰康的保险与养老服务就覆盖了一个人,乃至一个家庭、家族的全生命过程。

其八,最后要讨论的是"长寿社会的公平性"问题。我们讨论长寿时代的养老,必须正视一个无情的现实:长寿时代遇到的最大问题就是社会的分化,大量弱势群体的老人陷入物质与精神的极度贫困,即使是中等收入家庭,也面临养老资金储备不足的问题。这其实是对老人养老人生的最大威胁,是老人内心最大的焦虑所在。泰康倡导的养老"新生活"是以中产阶层为服务对象的。这样的"新生活",在某种意义上代表了理想的养老人生未来的发展方向。但它也自有局限,这是不可,也不必回避的。陈东升对此也有自己的认识,他因此于2018年设立了"泰康溢彩公益基金会",提出了精准帮扶、专业赋能的要求。先后在全国资助养老机构100多家,惠及老人3万名;同时在贫困地区开展养老服务培训,超过15 000人次;并帮助各地养老机构建立信息管理系统,提供科技赋能,以此提高各类养老机构的管理能力,更好地为低收入老人群体提供照顾。陈东升认定,这类养老行业的公益实践拥有巨大的价值,并呼吁未来大健康领域的有为企业共同担当,以推动社会的整体养老环境得到实质性的改善。不可忽视的，还有泰康养老院内部对于相对弱势群体的帮扶问题。如前文所讨论，在养老人生进入"持续照料养老"阶段，老人不仅陷入身心健康的困境，随着养老费用的上升，也面临资金储备不足的窘况。据我所知，这正是"泰康居民群"最感不安之处。坦白地说，这也是我自己唯一的忧虑所在：无法预知生命的延长时间，而个人养老资金的储蓄却是有限的。陈东升已经提出，要通过社工志愿服务来做具体帮扶，但如何更有计划、更有力地来应对这些不断出现的养老难题，需要做更进一步的思考、讨论与实践。

以上八个方面，是我对陈东升养老思想的理解，也有自己的发挥，都是可以质疑与讨论的。

（三）

陈东升的"特殊"之处，还在于他不仅是一个具有开创性的企业家，而且自带学者的背景与基础，他是用学者、思想者的胸襟、眼光和方法去探讨企业创新之路，因此，也有理论创新的高度自觉。这样的企业家与学者的结合，在中国当代民营企业家中是少见的。

陈东升在此书有关论述中，向我们介绍了他的人生之路有三个阶段。先是在1979—1983年在武汉大学学习经济学，"立志不枉此生，要为社会、为国家、为人民，甚至为人类做一番事业"。大学毕业后，去了政府研究部门工作，"希望作为学者或者说智囊团成员参与中国改革开放的进程，贡献自己的专业知识"。1988年，他担任《管理世界》副主编，参照《财富》杂志等国际杂志的惯例，策划了"中国100大企业评价"，第二年又评出了中国500强企业，自己也确立了"实业救国"的理想。1992年下海经商，从此走上了民营企业家的道路。

不过，他也没有完全放弃对学术研究的兴趣与追求。他最初的经营团队成员有许多就来自他当年的研究群体。因此，他们从一开始就确定了发展民营企业要追求"持续创新"的战略。"理论创新"是一直贯穿于陈东升经营保险、养老事业全过程的，此书就是这样的理论创新成果的集中体现，也是理论创新又一个新的起点。在我看来，在制度创新、商业模式创新取得巨大成功，泰康之家产业大格局已经形成并初具规模以后，科技创新和理论创新将提升到更突出的位置。陈东升在书中宣布，未来3~5年，泰康养老社区将在全国开业25~30家，我也期待他们在理论创新上有新的突破。

这里的关键是理论创新队伍的建设。我从此书最后的"致谢"里得知，泰康"超级大脑"战略发展部有十多位多学科专业人员参与了工作。我建议,下一步在扩大与完善专业研究团队的同时,还要建设一支主要由"泰康居民"组成的业余研究队伍。诚如陈东升所说,泰康居民是"泰康之家长寿社区和长寿经济试验田的真正主人",他们完全有权利和能力参与泰康养老事业的理论创新,这也是他们老年再创业的新机遇。我在泰康北大校友会讲话里,倡议"把'养老学'作为我们新的事业",引起不少校友的兴趣。这或许是一个信号:建立一支专业与业余相结合的养老业理论创新队伍,已经有了一个良好的开端,有待我们继续努力。

2019年7月

03 养老人生的总体设想

养老人生的总体设想

| 2020年10月14日在燕园养老社区的讲话

老伴的患病与远行,引发了我对养老人生的思考与研究,一发不可收。现在,我想做一个总结,提出"养老人生的总体设想",主要有十一点:五大"回归"、两大"进入"、两个"开拓"、两个"构建"。有些是之前文章已经阐述过的问题,就不再多讲;有几点或许要多说几句。

五大"回归"

> <u>回归日常生活,重新认识和享受老年休闲人生。</u>

> <u>回归大自然,回归土地,打造"田园式养老院"</u>。
> <u>回归童年</u>。
> <u>回归家庭</u>。
> <u>回归内心</u>。

我们燕园有一位儿童文学家,我最近正在读他的书,并且和他一起讨论,提出了一个"回归儿童精神生活"的命题,即所谓"返老还童":既要保留老年人的思考、智慧,又要回复儿童的纯真、情趣。这里有几个关键点。一是做人的"真"与"纯"。首先是"真",活得真实点儿。再就是要活得"单纯"一点儿,不要那么复杂。"真纯"之外,还有"情趣":儿童生活的最大特点,就是"一切为了好玩",游戏就是他们的最大人生。我们这些老人也应该放下种种包袱,"一切为了好玩",重返"游戏人生"。还要保留童心,唤回儿童的好奇心、新鲜感和想象力。而儿童出于生命本能与大自然的融合,我们中许多人小时候都有过这样的生命体验,只是步入社会以后就逐渐淡化、消逝了,现在需要回归:回归自然与回归童年也是融为一体的。

这也是陈总(陈东升)所说的,在后疫情时代,"健康与家庭比黄金更重要"。这更是养老人生的一个大问题。据我观察,老人到了人生最后时刻,一定要回到对具有血缘关系的子女本能的爱上，这也可以说是生命的一种回归。还有一个隔代之爱，对孙子、孙女、外孙、外孙女之爱，这也是回归童年的一种重要途径与方式。而老年人生中，如何和子女相处，也会有许多新的问题，新的矛盾，甚至新的冲突。老年人生中如何回归家庭，在家庭中获得生命的宁静，找到生命的归宿，也是一个大问题、大学问。

如何学会独处，这是这次疫情中遇到的一个大问题，更是老人最困难的人生课题。人既是社会的，更是个人的，一切外在的交往，最后都要回到自己的内心深处。如何摆脱独处中的孤独感、焦虑感，甚至恐惧感，这也是一个大题目。应该说，"孤独"本身是有积极意义的，甚至可以说，一切独立的人都是孤独的。关键在于有没有足够强大的内心世界。我所研究的鲁迅，就是这样靠自己强大的精神力量去战胜一切外在的压力、攻击，甚至迫害，超越自己的时代，成为了不被理解的、有孤独感的独立知识分子。我们普通人很难有他那样坚强的内心，因此我常说鲁迅是不可学的。但我们可以做一些努力，使自己内心世界稍微充实一点儿，强大一点儿。

两大"进入"

> 进入历史，到历史的永恒里寻求精神力量。
> 进入宗教境界，有"彼岸"关怀。

我自己应对现实的困惑、困境的办法，就是进入历史开展研究。具体地说，就是到现当代政治思想史、民间思想史、知识分子精神史的研究中去追根溯源。用我自己的话来说，就是把自己亲历、参与的历史搞清楚、搞明白，才能安心去见"上帝"。不仅从历史研究中吸取经验教训，更从奋斗献身的前辈那里获得精神的支撑。

对于没有历史研究的兴趣和条件的老人，我有两个建议。一是不一定要研究，还是可以通过历史的回忆来总结自己的一生，获得内心的慰藉和力量。二是可以重新学习历史，包括古今中外的历史。这既是补课，更是开拓。过于沉浸、拘泥于现实，会陷于其中，越来越绝望。许多问题，如果放到历史的长河，从中国传统和世界的历史视野来看，就会简单许多。现实中的喧闹都要过去，历史才是永恒的。该留下的就会留下，"风物长宜放眼量"。

许多老人皈依宗教后，心中也就有了依靠、支撑。我这样的无神论者，不会皈依具体的宗教，但也要有宗教情怀，接受宗教文化（包括宗教音乐）的熏陶，进入宗教境界。我理解的宗教情怀、境界，就是要有"彼岸"关怀，"彼岸"视野，保持自己内心对彼岸世界的向往与追求。这个问题比较复杂，这里就不多说了。同时，我们所说的宗教不限于基督教、天主教，也包括东方世界的佛教和中国传统的道教等，其实是一个"传统文化回归"的问题。

两个"开拓"

> 重新学习。
> 重新就业。

超越过去一生中的专业限制，进行知识结构的重新开拓，更是精神世界的新开拓。建议一些从事自然科学、工程技术、管理的朋友，学点儿人文科学；我们这些献身人文的，就要多学点儿自然科学知识，包括最新科技，至少是懂得点儿基本常识。在这方面，读书报告、讨论会有很大的发挥空间。

除了在原专业领域继续贡献之外，还可以在我前面说的"养老学"方面进行研究与实践，创造自己的"新事业"。

两个"构建"

> 构建养老社区新的人际关系和环境氛围。
> 构建以"安宁缓和医疗"为中心的医疗、服务新体系。

这涉及养老院的经营管理，我们作为养老院的成员，也可以积极参与。据我的观察，疫情期间人与人的关系有两大特点：一方面，在实际生活中彼此隔离，不相往来；另一方面，却在网上发生你死我活的激烈论争。我从中获得两点启发：一是人与人之间是应该有距离的，亲密无间的友谊是不能持久的；二是人与人之间应该相互宽容，要根本摆脱"非黑即白，非对即错"的二元对立思维，要学会换位思考，也要有自我质疑，"理直而气不壮"。

养老院的老人，彼此之间并不相识，也没有历史的恩恩怨怨，就没有必要再搞窝里斗。即使有意见分歧，也不必争得个你死我活，完全可以意见相合就多接触，意见不同就少接触。也就是说，养老院里的人际关系应该"朴实化，简单化"，同时要有距离感。保持各自的独立性，更尊重彼此的独立性。有分歧，也各让一步，取得一种和谐，即所谓"和平相处"。

另外，还要提倡互助，用群体的力量来缓解个人的孤独感、焦虑感、恐惧感。可以大力开设各种兴趣小组，开展各种形式的沙龙活动。沙龙里也要提倡相互尊重，和平相处，而且坚持自由出入原则。

这里还有一个特殊问题，也是许多老年朋友都提到的养老院里的特殊群体，即一些单身老人，患有忧郁症等精神疾病，他们尤其需要更多的关注和帮助。据说这样的老人在疫情之后逐渐增多。我建议，社区领导应对此予以高度的重视，首先要通过调查确定一批名单，逐一重点帮扶。其次居民间也应该进行必要的互助。据说在疫情期间，社区已经有一批相对年轻（六七十岁）的老人组成了志愿者队伍，或许我们可以使这些老年志愿者组织长期化、制度化，并对列入名单的老人进行一对一的重点帮扶。今天主要讲的是针对身体状况比较好的老人的可能选择；对于逐渐失能的老人，要有更多的医疗与心理的关怀，还要进行专门讨论。

对老人来说，最揪心的问题是怎么走好人生最后一段路。我为此也写了专门文章《推动"安宁缓和医疗"事业的几点想法》（见本书第203页）。在这方面，应该更多地听取居民的意见和要求。需要强调的是，我所说的"安宁缓和医疗"，不应只限于离世前的最后那几天、几个星期，而是应该从老人经过一切积极治疗的努力无效后，老人和家属选择缓和医疗，即不追求延长生命，只求减少疼痛，有尊严地走完人生一段路。这段时间大概有半年到一年。这是老人及其家人最煎熬的岁月,非常需要心灵宁静。

我以上所说十一点:五大"回归"、两大"进入"、两个"开拓"、两个"构建",每一点都可以展开成为一篇"大文章"。我只是提出问题——有些问题我自己也没有想清楚,还需要与大家不断讨论。我期待通过这些问题的提出,给大家打开一个思路,用更加积极、主动的态度,去应对后疫情时代我们必须面对的种种困境,开始新的思考、新的探索、新的实践。我们每一个养老院的居民也能因此开拓出一种新的生活方式,进入新的生命状态,走好人生最后一段路。

我的生死观和养老设计

| 葛文德《最好的告别》、雷爱民《死亡是什么》读后感

我从2020年开始着手"养老学"研究,这是一个在我的知识范围之外的全新领域。我发现凭借自己的人生经验、生命体验勉力写几篇后,很难持续。我也因此明白,必须变换自己的角色——我不是老师了,而是一名80岁高龄的"小学生",老老实实开始研读中外"养老学"研究论著。这也就意味着,我的养老人生要自觉进入一个"再学习"的新阶段,不仅在原有专业范围内发挥余热,还可以开拓新领域,探索自我生命的另一种可能性,真正做到"老有所学""老有所为"。

这一段时间,我在阅读我的两位"启蒙老师"葛文德、雷爱民先生的论著(《最好的告别》《死亡是什么》)时,始终处

于既好奇又兴奋的状态。如评论者所说,这是真正的"生命之思"之作,引导我们"从不思到寻思,从浅思到深思,从顺思到反思,从技术之思到哲理之思"(王一方《了不起的葛文德:生命之思与医学之悟》)。在这个过程中,我关于"生与死""养老人生"的思考,也从碎片化的感悟,逐渐系统化与理论化。

不过,我也不想放弃自己人生经验、生命感悟相对丰厚的长处。这篇读后感,就既借鉴了两位老师的理论概念、体系,又有自己的随意发挥,成了不伦不类之作——这样的"不伦不类"正是我的追求:我毕竟不是,也不想成为专业研究者。

关于生死问题的探索

关于"生与死"的问题,我当年在研究鲁迅《死后》等著作时就有关注与思考,这成为现在重新思考生死问题、设计老年人生的基础。但我真正面对生死,将其变为自己的生命命题,则是在2018年8月,我和老伴崔可忻同时被确诊患了癌症以后。

在此后一年时间里,"生与死"就成了我们无法回避的人生课题，也是彼此议论的中心。我们都是无神论者，从不回避谈生论死。我们共同经历了"由生到死"的全过程。雷爱民先生书里描述的"生理死亡过程"（从濒死期、临床死亡期、生物死亡期），以及"心理死亡过程"（从意识清醒期、否认期、愤怒期，到协商期、抑郁期、接纳期），我们都一一亲历。给我刺激最大的，是可忻"谵妄"病发、身体与精神失控时的情景。她惊呼有人在监视她，医院所有的人包括身边的护工，都在时时策划如何谋害她。她必须逃跑，又不知逃往何方。从中我看到了可忻以及我自己，甚至我们这一代人所历经的"运动"埋在心灵深处的恐惧。那是不受主观控制的。现在，这种潜藏深处的恐惧在生命最后一刻作为一种病态爆发出来，确实令人惊心。这时候，我和可忻只好依靠自己仅有的理性来承受，并做出最后的选择——拒绝"好死不如赖活"。在经过各种努力且证实医治无效后，我们选择在孩子的陪伴、安宁疗护医护人员的调理下，以减少病痛、有尊严地活着、安宁地死去为人生终极之路。

可忻抓住了由生到死的最后时机，亲自安排了自己"死后"的生命去处，还自己编选《崔可忻纪念集》，为自己一生的所作所为、所思所想做了总结。

在读了葛文德、雷爱民两位先生的研究论述后，我更加明白：这是在自己肉体死亡，社会属性消亡（社会关系解体，人的身份、地位失去，法律关系终结，伦理关系结束，人成为非人）之后，将自己的生命转化为一种精神，由现实的、可触可及的存在，变为一个不可触及却可感受的超验存在，常留于一部分人的记忆里。

我多次说过，我自己、可忻，以及我们这一代人，前半生的最大不幸，就是时代、历史、政治、社会造成的"不能独立自主"的人生缺憾。现在，可忻在"由生到死"的人生最后时刻，却能够真正独立自主地决定、安置自己的身后事。这是一个象征性的人生根本转折，具有一种"历史性"，真应该格外珍惜。

在可忻离去以后，不到半年，新冠疫情暴发并蔓延全世界，而且三年才算基本结束。像雷爱民在《死亡是什么》里所说：

> 每个人都成了病毒的易感人群，人们已经没有机会装作看不到死亡。
>
> 死亡就像一道巨大的闪电，划过每个人的心房，逼迫人们凝视那早已陪在身旁的死亡。像一把尖刀，直接划破人们脆弱的防御心理，把人们拖到死亡现身的情境之中。

这是一次历史的巨变。如果说，2018—2019年，我和可忻面对的生与死，限于个体生命的范围，属于常规性的人生课题；而到了2020年、2021年，死亡威胁成了人类灾难，生与死成了历史性的课题。更重要的是，中国与世界由此进入了历史的大变局中：政治、经济、社会的大变局，人与自然关系的大变局，以及人类自身的大变局。病毒与气候两大威胁，很可能成为后疫情时代笼罩全球的巨大阴影，死亡的危机感也许永远驱散不去。同时，生育率下降与预期寿命延长，构成了我们所说的"长寿时代"的主要特征。

在疫情和后疫情时代，人老了意味着什么？可忻于历史巨变之前走了，她是幸运的；而我还活着，我们养老院里的老人还活着。我自己，以及我们这些老人，都得面对更为严峻的生死问题和养老人生问题。但从另一个角度看，也正因如此，我们的"养老学"研究，就有了更为宽阔的视野，更为丰富、复杂的历史内容。同时，我们自身思想、理论准备不足的弱点也会进一步暴露，只能尽力而为。

雷爱民先生在著述开端提出了思考与讨论死亡问题的三大原则，这也是雷老师对我最大的启示。

1."死亡的答案是多元的、开放的、包容的，没有人可以宣称他关于死亡的答案是唯一的,而别人关于死亡的答案就是不对的。"

这里包含了两层意思:"死亡"对人类,特别是我们这样的普通人,还是一个"谜"。"死亡学"里的人类学、生命学、生理学、医学、心理学、社会学、伦理学、历史学、哲学等内涵,还远没有为我们所认识。而"死亡"在个人性方面的复杂程度,至今仍被人们所忽视,还有很多空白。对"死亡"的思考与探索从古到今就从未停止,也无定论,只能是各有千秋:这就决定了对死亡的认识必然是多元的。因此,我们也必须持开放、包容的态度,绝不能把自己在特定社会、历史与个人条件下形成的"死亡观"唯一化。"唯一"本来就是科学研究与认识之大忌;在死亡问题上唯一化,就更加荒唐与危险,它会阻挡人类探索"死亡之谜"之路。

2."每个人都可以是死亡的探索者、猜谜人、受益人、代言人。"

这是人人皆有的权利,也是死亡学研究的迷人之处。对我来说,人老了,面对越来越靠近的"死亡",充满好奇地逼视、审视它,研究、议论它,猜谜受益,还代它说话,是一种生命的享受。这里的关键,是"我"在与"死亡"交往和对话。

3."我们可以向已经受到过死亡教诲的人学习。不过，最终我们要依靠自己，坚定自己的死亡认知，即建立关于生前、死亡过程和死后的认知图式、信念信仰和意义体系。"

"没有人可以主宰我们的死亡信念。……我们相信死亡是什么，实际上就是相信我们自己是谁，我们的来时路在哪里，我们的过往如何，这些都是猜测死亡之谜时死亡教给我们的人生智慧。"这不仅是个人化的死亡学，而且是与个人生命相融合的死亡研究。老年人研究生与死，实际是重新回顾、认识自己的一生，更是重塑自己的人生之路。

我的生死观

我的生死观在伴随老伴从生到死的过程中已经初步形成。在研读了两位老师的著作以后，我就有了更为系统的认知，概括起来有八个方面。

1.我认定，死亡是无可避免的，人活一辈子，最后的归途就是死。

死亡是人的宿命，没有例外。一方面，任何人，即使是掌握了绝对权力、巨大财富的人，最后也会死。权力与金钱在它面前不起作用，它是真正奉行"人人平等"的原则。另一方面，由生到死，是正常人生，既不是悲剧，也不是喜剧，必须以平常心看待，不必恐惧死亡，"美化死亡也是件非常危险的事"。

2. 我认定，死亡本质上是"个人性"的。

他人（亲人、朋友、医护人员）可以陪伴、相助，最后还得自己去面对。研究、讨论生死观，规划养老人生，就是要让我们面对死亡时，能够从被动变为主动，由消极变为积极，把生命自始至终都掌握在自己手里。

3. 我更认定，死亡是绝对的，没有所谓"灵魂与肉体分离后的独立存在"。

柏拉图对话录之《斐多》对"肉体人生"的反省、批判自有其启示意义，但对"灵魂与肉体分离论"，我是持怀疑态度的。柏拉图断言，灵魂与肉体分离，就到了"另有天神管辖的世界"，到了那里，就"在幸福中生存，脱离了人间的谬误、愚昧、怕惧、疯狂的热情，以及人间的一切罪恶"，这是我所不相信的。

4. 我认定，根本不存在"天神管辖的世界"。

这是我作为无神论者与古今中外的宗教信徒的分歧所在：我不承认有"至善至美、全知全能的神"与实体化的"至善至美的世界"。我相信鲁迅的观念："黄金世界也有黑暗。"人类世界乃至宇宙，始终是不完美的、有缺憾的存在。至善至美的人与世界只能是一种"彼岸理想"，只能存在于人的精神追求之中。

这涉及我们的人生追求和幸福观。我也因此对"生的愉悦与死的坦然将成为生命圆满的标志"的说法持保留态度：作为一种理想的追求无可非议，但将其绝对化，就颇为可疑。在我看来，缺少"丰富的痛苦"的"生的愉悦"未免浅薄，缺少"死亡的困惑与沉思"的"死的坦然"也是高度简单化的。葛文德先生在《最好的告别》里说，"表面看似幸福的生命可能是空虚的，而一个表面看似艰难的生活可能致力于一项伟大的事业"。他提醒人们，对"愉快"与"痛苦"的"偏爱"都是危险的，这些都大有深意。

这也涉及我对宗教的看法与态度。雷爱民先生在书里引述了琼瑶的"遗言"："我尊重每种宗教，却害怕别人对我传教，因为我早就信了'无神论教'！"这也是我的态度，愿将其作为我的"遗言"。我尊重的是宗教文化、宗教精神：宗教徒对真、善、美的人性、人生与社会的虔诚追求，他们为自己的信仰而献身的精神，都让我敬佩不已。在我看来，有了这样的宗教精神与文化，甚至成为信仰，人至少会有一个尊重生命的底线，绝不会做伤天害理、残害他人生命的事。但是，我又很难成为某一具体宗教的信徒，除理念上的分歧之外，还有两个方面的原因。我知道，对虔诚的宗教信徒而言，"上帝"是存在他心中的，他对上帝的信仰与服从，和对自我的信仰、服从是合而为一的。而对我这样也有过服从式的"信仰"经历的老人来说，以任何名义出现的"上帝"，都是外在于自我生命的、强制性的存在，我会天然地保持警惕。我们这一代最大的人生教训就是：无论如何也要维护自身的独立性，绝不做任何被信仰者的"工具"。与此相关，我在敬佩真信徒的同时，对各种假信徒也保持本能的警惕；同时，对一些真信徒的真诚传教，我也有本能的反感，因为其中难免有强加于人的意味。

5.出于对精神、理想的信念，我认定，人的自然生命短暂，但人的精神生命不亡。

雷爱民先生在书里引述《道德经》中的"死而不亡者寿"，强调"自然生命结束了，人终将还会留下一些东西。死亡并没有夺去逝者的一切"，"人们关于逝者的记忆，逝者留下的嘉言善行、功绩名声、著作创见、科学发明等都没有随着人的死亡而离开人世"，"恰恰相反，这些东西随着逝者的人格形象、理想追求、关心祈愿等长留人间，即成为人世的一部分，成为后世和人类文明永续发展的源泉和动力"。这些论述都引起我的强烈共鸣。这就是个体死亡后的文化转化：转化为家庭文化，家族文化，地方文化，社会文化，国家、民族文化，以至人类文化；留存于人们的记忆，历史记载之中，成为思想、文化、学术、教育资源。

6.我认定，人类有对于不朽的追求，但要拒绝五种不朽。

据说"不朽是人的伟大的精神需要之一"，也许是这样吧，但我却对"不朽不死"的追求持高度的怀疑与警惕。我也因此认定，至少要拒绝五种"不朽"：

> 拒绝"永恒实体式"的宗教不朽模式；
> 拒绝"尽善尽美，不朽不变"的乌托邦理想模式；
> 拒绝"对权力的疯狂攫取"背后的不朽诉求；
> 拒绝"不知疲倦地追逐财富"背后的不朽诉求；
> 拒绝"以血缘关系为基础的宗法、伦理、政治一体化"的不朽追求模式。

第三种和第四种不朽诉求具有更大的诱惑性。如研究者所说，"权力和财富可以让人获得一种掌控他人的感觉，或者说把自己置入一种可以主宰一切的位置，就像神灵一样具有强大的法力"；对于这些权力和财富的"崇拜者"来说，流芳百世或遗臭万年并没有本质区别——只要"不朽"就行。这样不择手段地追求不朽，后果不堪设想。第五种在中国社会结构与国民性的内在追求里，都根深蒂固，也就更需要警惕。

意识到这些危险，我也进一步认定：即使要追求"死后重生"，也绝不可追求"不朽"。我们真正追求的，应该是平凡人生，是"普通人的生命价值"。即使是死后人生意义的文化转化，也应该是有限度、自然发生和进行的。

7.我认定，死后生命的文化转化，是出自逝者自身的精神力量，而非人为制造。

琼瑶在遗言里嘱咐子女，不要在乎"死后哀荣"的社会评价。这是"生者的虚荣，对于死后的我，一点意义也没有，我不要'死后哀荣'"。这也引起我的强烈共鸣。

从表面上看，死后哀荣是一种社会的认可，实际上，这是把人（特别是所谓名人）的死亡"转化为社会事件，并与历史时空对接，留下印记"。这几乎无可避免，也自有其意义；但其中却隐含着危险：不仅不可避免地发生"名实完全无关的错置"，而且也会出现"大起大落"——突然声名大噪，烜赫一时，又迅速被遗忘。这正是我所警惕与拒绝的。我认定的

"死后文化转化"是一个潜移默化、自然选择的过程：该记住的就留下了，该忘掉的就自然淘汰了；被这些后人记住，又被另一些后人遗忘，一切都听其自然。

这是一个"自然的转化"，而绝非人为的转化。如果社会人为地干预、制造转化，那么就会有"死后被利用"的危险。这个问题是鲁迅首先提出的。他在1925年写了一篇《死后》（见本书附录1），提出了一个极富想象力的问题：我死了，会发生什么？而我只是"运动神经的废灭"，而"知觉还在"，我又会做出怎样的反应？"我"被深埋在地底下，却听得见"切切嚓嚓的人声，看热闹的"，用今天的话来说，大概就是来参加追悼会的。有人惊奇："死了？"有人不以为然："哼！"有人惋惜："唉！""我""愤怒得几乎昏厥过去"："我"死了与你们有什么关系，让你们这样议论来议论去？突然，"一个青蝇停在我的颧骨上"，"开口便舐我的鼻尖"，"我懊恼地想：足下，我不是什么伟人，你无须到我身上来寻做论的材料"；它又"用冷舌头来舐我的嘴唇"，"表示亲爱"："实在使我烦厌得不堪，——不堪之至"。突然，听到"一个颇为耳熟的声音。睁眼看时，却是勃古斋旧书铺的跑外的小伙计"，开口就说："这是明板《公羊传》，嘉靖黑口本，给您送来了。您留下他罢"：生意居然做到坟墓里来了！"我"要哭出来了："这大概是我死后第一次的哭"。

鲁迅沉重地写道:"我先前以为人在地上虽没有任意生存的权利,却总有任意死掉的权利的。现在才知道并不然,也很难适合人们的公意。"这是深知中国国情之言:中国的"公意",就是要根本剥夺人的"任意生存与死掉的权利",为实行对人的控制和利用,几乎无所不用其极。我也因此懂得了鲁迅的"遗言":"赶快收敛,埋掉,拉倒","不要做任何关于纪念的事情","忘记我,管自己生活"(《死》)。这也就是他在《死后》里所说的,要"影一般死掉","连仇敌也不使知道,不肯赠给他们一点惠而不费的欢欣"。

我又想起了琼瑶的遗言,竟然与鲁迅如此相似!大概独立、自主的知识分子都会这样想,也就成了我的遗言:"不发讣闻,不公祭,不开追悼会","以后清明也不必祭拜,因为我早已不存在","生时愿如火花,燃烧到生命最后一刻。死时愿如雪花,飘然落地,化为尘土"。

8.最后,我认定,死亡是一个"由生到死"的"过程"。

这其实提供了一个重新安排人之生死的机会,也是"养老人生"的意义。养老,绝不是被动地"等死",而是将一生中未能充分发挥的自身的潜力,人的主观能动性、生命能量彻底释放出来。面对死亡,重新塑造自己,实现生命的"超越"。同时,也对自己的"死后"生命的转化,尽可能做出主动安排。这就需要对"生—死—死后"有一个全面的规划、设计，真正把个体生命的主动权掌握在自己手里。

我给自己养老人生安排的六个任务

1. 自我角色的调整。

回想起来，我这一生的自我角色，在不同年龄阶段，有不同的选择与认定，也就有了三次调整。

青年时代。我大学入学不久，大概就在1956年（17岁）"向科学进军"的时代氛围下，确定了要当学者的人生目标；以后历经曲折，到1978年（39岁）考上北京大学中文系现代文学专业研究生，到1992年受聘为北京大学教授，才圆了当学者的梦。此时已经53岁，前后用了36年的时间。教授当了才5年，到1997年，我就强烈地感受到"宁静的学者"的"内心的疑虑、担忧、恐惧和悲哀"：

> 我担心与世隔绝的宁静、有必要与无必要的种种学术规范会窒息了我的生命活力与学术创造力和想象力，导致自我生命和学术的平庸与萎缩；我还忧虑于宁静生活的惰性会磨钝了我的思想与学术的锋芒，使我最终丧失

了视为生命的知识分子的批判功能；我更警戒、恐惧于学者的地位与权威会使我自觉、不自觉地落入权力的网络，成为知识的压迫者和政治压迫者的合谋与附庸；同时，因成为学术名人而陷入传播媒体的包围中，在与大众特别是年轻人的交往中多了许多不必要的障碍，这也让我感到悲哀。

于是，在我内心深处"时时响起一种生命的呼唤"：像鲁迅那样，冲出宁静的院墙，"站在沙漠上，看看飞沙走石，乐则大笑，悲则大叫，愤则大骂，即使被沙砾打得遍身粗糙，头破血流"也在所不惜（钱理群《我想骂人》）。

中年时代。我又做了自我角色的调整：从单纯的学院"学者"，转而追求走鲁迅式的"学者兼精神界战士"之路，"讲鲁迅，接着鲁迅往下说，接着鲁迅往下做"。尽管为此付出了难以想象的巨大代价，但我从1997年坚持到2002年退休，退休后又坚持了12年，前后长达17年。到了2014年75岁时，我根据十多年的观察与思考，认定中国社会和学术将进入一个更加复杂、曲折、严峻的历史时期，鲁迅式的"学者兼精神界战士"之路将被堵死，自己的思想、认识、年龄、精力的限制，也很难直接参与大变动时代的社会实践，我必须在"老年"阶段再次调整角色。

老年时代。2014年末,我宣布退出思想、学术、教育界,以及我曾积极参与的青年志愿者运动和新农村建设运动。2015年,我搬进燕园养老院,就像深知我的朋友所说,我要躲进"桃花源",最后完成与完善自己。这是"养老人生"的全新选择:自觉继承司马迁的"史官"传统,做"历史与现实的观察者、记录者与批判者",做有距离的、更根本性的思考,并以创建对现当代中国历史与现实具有解释力与批判力的理论作为自己的追求。这其实是"以退为进",把自己的学术、人生,带入一个更广阔、更长远的历史空间。

2.从更根本上回归自我,"成为我自己"。

雷爱民在书中尖锐指出,"不少人或许只是构建了一个与自己的职业、地位、角色相符合的刻板形象,而没有表现出纯粹自我该有的样子","千篇一律的样子竟然是大多数人日常生活的常态,甚至有时人们连微笑、愤怒都是使用同样的模式,没有生机,没有活力"。

我读到这里,触目惊心——因为这正是我当上学者后半生最为苦恼之处。"北京大学中文系现代文学专业的著名教授",这个身份、地位、角色,使我只能过这种身份、地位、角色所决定的"范式"生活,失去了"自我"所愿意、希望的样子,特别是我生命中内在的野性。而且,学院里的写作,无法避免功利的考虑，如评职称的需要，扩大自己的学术影响之类。这就必须受学院体制的约束，受媒体、报刊的监督。我也多次说过，完全从公开发表的文章来看，那个"钱理群"是被歪曲的，至少是有许多遮蔽的。

现在好了，住进养老院了，我就真正进入了自由写作的状态：想写什么就写什么，想怎么写就怎么写。比如，我的研究兴趣除文学史之外，更倾心于思想史（政治思想史，民间思想史）和知识分子精神史；但长期以来，我却被"现代文学史研究教授"的身份所束缚，思想史、精神史的研究只能半遮半掩。现在，我就可以明目张胆地大写特写，越写越起劲。再比如，我经过专业的训练，也自然遵循所谓"学术论文"写作的基本规范，但我这个"人"，骨子里是不守规矩的，总想突破"正规论文"的写法，尝试写"随笔体的论文""演讲体的论文"等，这就显得不伦不类，容易受到非议。现在我就可以不顾及这些了：只要能够表达自己想要言说的思想、观念，管它像不像论文！我就这样，关在养老院那向往了一辈子的"一间屋，一堆书，一杯茶"的"仅属于我"的天地里，自说自话，胡思乱想，胡说八道，畅快极了。笔下流泻的是"真情"，展现的是"真实的自我"：一看，这就是"钱理群"，鲜明的个人特色，对缺憾不加掩饰，不介意引发争议。既可爱，又可笑。这恰恰是我追求的自我形象：真诚得有点儿傻;没有机心,不懂世故;天真且幼稚;有赤子之心,永远长不大,是个老小孩儿。我甚至留下"遗言",希望将来我的墓碑上就写:"这是一个可爱的人,可笑的人。"

3. 在养老院,更多地趋向自己的"内心",迎来学术高潮。

搬进养老院后,就大大减少了与外界的接触。在养老院里,人与人之间也有一定距离:这是一个相对单纯的环境和空间。人也就更多地趋向自己的"内心":在我看来,这正是"养老人生"的最大特点,也是我的主要诉求。我甚至拒绝使用手机,不上微信,但仍保留电脑与大千世界的联系,也只是观察者,不发言,不参与。这样保证了每天的时间和空间,都最大限度地留给了自己在内心世界里自由行走。正因为尽可能地排除了一切外在干扰,心无旁骛,我才可以最大限度地发挥自己的想象力与创造力。我的实践证明,老年人,至少在还能自理、身体基本健康的阶段,其想象力与创造力是不可低估的。

回想起来,我一生学术与生命创造的高潮,有三次:和大多数同代人一样,在20世纪80年代中期46岁左右有一个集中爆发;但对我来说,更大的爆发发生在2002年63岁退休以后;到2015年76岁进燕园,开启"养老人生"以后,就更进入喷发期,而且越喷越旺,势不可当。2019年,老伴远行,我失去了生活中的主心骨。许多朋友都担心我的人生之路会因此受挫,却没想在独居两年里,我竟然写了七本书,编了七本书!这也完全出乎我自己的预料,连声惊呼:"写疯了,写疯了!"我当然知道,这种状况不会也不能持续,但它确实证明了,老年人的生命潜力之巨大。就像雷爱民在《死亡是什么》里所说,"人并不是一个定型的东西,也不是一个僵死的物件,而是可以丰富多彩的存在者。人终其一生,总是有各种可能性的,他可以选择成为什么样的人,选择走向何方,通常人们所说的能动性就是如此。从人的能动性来看,从人可以成为他想成为的人来看,这种潜在的能力和实现自我的愿望告诉我们:有一个充满无限可能的自我潜藏在人的心底",而且是可以"从潜在走向现实,从抽象走向具体"的。我把这样的"自我潜在可能性的尽情发挥",看作一个不断"做梦—实现梦"的过程。

我在退休后,就逐渐形成了一个习惯:每天早晨都提前半小时醒来,在周围世界一片静寂之中,开始胡思乱想,会有许多突发的灵感,平时想象不到的"怪点子",天方夜谭式的"烂主意",就如一个又一个的"梦",于是就有了种种计划、设想。"梦"醒了,爬起来就开始实干实做,十有八九最后都做成了。

4. "自我调整,自我完善"的任务。

养老人生还有一个"自我调整,自我完善"的任务,这是我读《死亡是什么》时最感兴趣的问题。

雷老师指出,人到了老年,在回顾、总结自己一生时,需要有一个自我反思、反省,自我调整,"自觉地把自我概念中满意的部分保留下来,把不满意的部分舍弃并用其他东西替代。这个过程就是自我完善的过程,也就是人们常说的自我修养提升的过程"。

我曾经说过,我自己和一些居民来到养老院最初遇到的问题与困惑有三个:"发现自己真的老了","发现自己突然没有事情做了"之外,主要是没有想到养老院里的人际关系和社会上一样,也是那么复杂。养老社区也会有许多弊端。这大概也是我思考养老人生的开始。

反思是一个"自我修养"的过程。其实质,就是要把老人的精神素质提高到一个新水平:"提升人的精神、人性"始终是最重要的。每一个老人都应该从自己做起。

针对二元对立的思维方式,我提出调和矛盾的两大原则:一是"求同存异";二是"各方以自我反省为主,而不是一味指责他人",并倡导"弹性思维,弹性智慧",让人处于一种非极端,有张力,有余地,有可能的生命状态。

这背后的人性论,是坚信人的本性总是善恶并举的。人与人相处时,既要对自己和他人的善与恶都做到心中有数,同时以善相处。养老院里处理人与人的关系的基本原则和目标,就是要营造一个扬善抑恶的环境和氛围。要做到这一点,关键还是要提高老人的修养与素养。

我在文章里特地引述了一位"粤园居民"何添老先生提出的"优雅养老"的概念,及其所倡导的老人新素养:

> 不忘人恩,不记人过,不想人非,不计人怨,不取笑于人,不强加于人。
> 处事有分寸,知进退,有气度,有热情,遇到破事不计较,遇见烂人不纠缠。
> 看得透人生,想得开事情,从简生活,宁静致远。

疫情期间,我对自己的人生进行了一次重大的反省和调整。疫情带来了"时代动荡",养老则需要"个人稳定",二者之间构成了一种矛盾与张力;而正是这一次瘟疫肆虐,促使我们(特别是我自己)懂得并且开始思考日常生活对人自身的意义,及其不可或缺的永恒价值,由此获得"一切都会过去,生活仍将继续"的信念,并提出了一个"重塑追求生命意义的休闲观"的人生新课题。

我注意到,在古希腊哲学家亚里士多德那里,人的休闲就是终身的，是"真、善、美的组成部分，是人们追求的目标，是哲学、艺术和科学诞生的基本前提之一"。这就把我们养老院的休闲生活一下子照亮了，我们要提倡健康的休闲生活，追求养老休闲生活的多样性、个性化，每个人按照自己的兴之所至，唱歌、跳舞、看书、看电影、做手工、田间耕作、闭门写作，自由自在地过属于自己的生活。这也是对人的潜能的发挥，人生与人性的调整。我正是由此而反省自己人生的一大缺憾：我的生存状态过于精神化、单一化，完全忽略了日常生活的打理与享受，不懂得休闲，也就失去了生命和学术创造应有的从容，实际上把自己的人生逼到了狭窄之道。这就需要从纯学术中跳出来，面对更广阔、丰富的社会人生，回到日常生活的衣、食、住、行，吃、喝、玩、乐中，追寻休闲人生的趣味与价值，实现思想、学术与日常生活的相互补充，有机结合。这就把自我生命提升到更为丰厚、充实的新境界。我也正是在老伴远行，失去了依赖，独自生活的这两年，对自己的人生做了一个调整。开始学会享受生活，把每一天的日子都安排得有条不紊，有滋有味，自我生命也进入一个沉静、从容的状态。尽管在如何生活上我还是一个小学生，但我已经体味到其中的乐趣与美感。

5. 养老人生中"纯粹自我"的发现与回归，生命意义的重塑。

雷爱民指出，"当死亡到来时，我认为什么东西依然是重要的，不能舍弃的？当一个人这样被死亡逼问时做出的回答就是一个人自我概念的核心内容，或者说是真正的自我"。"纯粹的自我"，是一个可以让自己心安和停留的地方，最后的归宿。我读了以后，大受启发：它把我的一些零碎化的思考拎起来，成为一个更自觉的"最后人生"以及"死后"的追求与安置。主要有两个方面。

（1）"生前"与"死后"目标的确立

我在搬进养老院时，为自己最后的养老人生设定了两个目标。一是前文已经说到的"继承与发展司马迁'史官'传统"，这是我的一个新的人生、学术选择；二是我提出要走中国传统的"立德、立功、立言"的人生"三不朽"之路。现在我读了这本《死亡是什么》，就更自觉地意识到，我这是要"依靠自己的力量安顿自己的生死"，而且有了新的思考。

我这辈子就是一个教书、写书的"书匠"，不足以成为做人的坐标，不具有方向意义，无立德立功可言；我追求的倒是"立言"，但也绝非伟大著述，至多在文化传承上有点儿意义，因此也就谈不上严格意义上的"立言"。但我生命中离不开的且不能舍弃的，又确实是"立言"。

记得我研究生毕业留在北大任教时，王瑶先生特地嘱咐我，你现在处于一个很有利的位置，有很多的发展机会；但你必须弄清楚，你真正"要"的是什么，死抓不放，其余你"不要"的东西，不管有多大诱惑，你必须拒绝、放弃，万万不能"什么都要"。不然，你虽然得到了许多的虚名实利，但到临死时一算，你真正要的什么也没有，你这一辈子就白活了。我因此而恍然大悟，认定自己真正"要"的，就是在教书、写书中"立言"；我也因此拒绝了一切诱惑，心无旁骛地教书、写书、编书。我确实没有"白活"，我的生命就存活在3000万言里，在死后也还会继续存在下去。而且，这样的"立言"中的"自我存在"是自有价值的。现在可以总结说，尽管没有多少原创性，但确实传播了常识，起到了思想启蒙的作用，而且也在"立言"中留下了一个自我形象。就像我退休时一位北大学生给我的信中所说：

> 我喜欢听你的课，读你的书，是因为你在课堂、著作里显示了一种生命存在方式——人还可以这样"活着"：为自己的理想、信念活着，不为主流意识支配，不受时尚潮流裹挟，作为校园、学界里的"乌鸦"，独立、自主地思考和言说。尽管我做不到这一点，今后也不会这样做，但在我的人生道路上，知道有可能这样活着，和根本不知道人还可以这样活着，是大不一样的。因此，

>我要永远感谢你,记着你。

这正是我所期待的历史性评价,我"活着"的这一生的意义和价值全在其中了。我不想否认,对自己的"立言"在"死后"的意义、价值也有所期待。我常说,我进养老院后的写作,除了"为自己",就是"为未来的读者"而写,因为未来的读者会像今天我们关注前人一样,关注在2020年、2021年大疫中,中国普通老百姓、中国的知识分子在想什么;我就想留下与主流意识形态和时尚潮流不一样的"另一类"思考,展示"另一种"存在。

我不想,也不可能用自己的"立言"影响后人,但希望能够有助于后人对今天的中国与世界的认识更加客观与全面,充分展现其复杂性与丰富性。当然,我也想留下作为一个"史家"对当下中国与世界的观察、记录与评价,但也只是为后人提供参考而已。我不期待,也不可能成为"历史人物"而永存于后世,我只是"历史的中间物",在起到了一定历史作用以后,就悄然消失。

(2)面对死亡,对"自我"的重塑

这也是雷老师书中提出的命题:经过死亡的捶打,人们必定有一个自我认同的提升过程,即要么认同原来的自我概念,要么重新调整自我概念的内容。而新的自我概念将是人们面对死亡时最重要的精神支柱，将是人们最后的自我，真正的自我。

于是，有了关于"如果我要死了……"的自我"十问"：

"我最想见的人是谁？"——我的两个精神基地（北京大学和贵州）的朋友和学生。

"我最想完成的事情是什么？"——抓紧时间，写出我想写但还没有写出来的文章，作最后的"立言"。

"我最牵挂的是什么？"——依然忧国忧民忧人类，牵挂国家与世界的"未来"，特别是"无真相，无共识，不确定"的时代何时结束？

"我最不能舍弃的是什么？"——对"说自己的话，说真话"的自由与权利的追求。

"我最想留下的遗言是什么？"——"我存在着，我努力着，我们又彼此搀扶着——这就够了"。

"我最需要的东西是什么？"——内心的宁静，生命的从容，社会的和谐。

"我最不喜欢的是什么？"——与天斗，与地斗，与人斗，与自己斗。

"我最不想见的人是什么？"——用权力篡改历史的人。

"我最不想做的事情是什么?"——说违心的话,做"两面人"。

"我最不需要的是什么?"——名利和权力。我最不愿意当"名人",我内在的无政府主义倾向,对一切权力(包括自己可能拥有的权力)都保持高度警惕。

这"十问"的背后,隐含着对"违心存在"的"他造自我"的拒绝,以及"存于内心"的"纯粹自我"的回归。雷老师的书里,对这样的"我"有一些概括,我也很认同。

① "我思"

雷老师首先引述笛卡儿的名言:"我思故我在",并且做了这样的解读,强调人的生命应该"止于""那个思考的自我",那个永远"怀疑",永远"惊奇",永远"渴望认识",永远有"思维、精神活动、情绪、感受等属于人类的基本特性",因而"超越生死"的"纯粹的自我"。在我的理解里,"我思"揭示的是人的本性、本质,人的生命由此出发,又最后回归于此,人也就完成了"由生到死"的全部过程。

我要追问的是"我思"是"我"之"思",就必然是个性化的。"我"要回归的是"我之思",而不是他人之思。接着要追问的,便是"我",钱理群的"思",有什么特点,怎样回归？我有这样的概括：处于边缘位置，思考中心问题。"处于边缘位置"是一个客观事实：从表面上看，我好像名声很大，这是我的社会影响造成的，而在国家教育体制内，我无足轻重，也因此没有独立参加过国家研究项目（唯一的一次是一个集体项目），也没有获得任何国家奖。但这是我的自觉选择。它源于我所信奉的鲁迅所提出的"真的知识阶级"的选择；鲁迅说，真的知识阶级永远"不满足现状"，是永远的批判者，也就永远处于边缘位置。但我又始终关心、思考时代的"中心问题"，这也是源于鲁迅说的真的知识阶级永远站在"平民"这一边，自有一种忧国忧民的情怀。现在，面对死亡，我要回归"我之思"，也就意味着，我至死也要坚守我的"真的知识阶级"的自我选择。

② "我在"

按雷老师的阐释，所谓"我在"，意味着我"存在着"，存在就具有"无限可能性"。"除了思考，还有其他可能性"，而且都是"自我可以实现"的。这大概就是我们前文所讨论的"潜力的尽情发挥"吧，这对于我这样的不肯安分守己，至死也要"求变"的自我，是特别有诱惑力的。

③"我希望"

雷老师提醒我们注意："在死亡面前，许多人觉得没有希望"，"没有希望就没有意义，没有意义的生活使得现代人面对死亡而不攻自破，不战自败"。但雷老师要强调的是，"面对死亡，人还是可以怀抱希望的"，"畅想关于未来的世界，关于人性的完善，关于生命的奇迹……""这些想法不一定符合现实，但却是人们可以正当持有的信念"，它是"潜藏在人类心底的一种超越需求"。实际上就是人们所说的"彼岸关怀"，"彼岸"正存在于人的"希望"之中。人所希望的人"应该"的样子，社会"应该"的样子，是趋向完美的人与社会，就具有"彼岸性"。

问题是：这样的"彼岸世界"能否抵达。对宗教徒来说，彼岸是一个实体，或基督教的天堂，或佛教的极乐世界，是可以抵达、变成现实的存在的；但我们这样的无神论者的"彼岸"，是一个超验的、非实体的存在，现实中的人只能努力靠近它，却永远无法完全到达。在这个问题上，我们这一代是有沉重的历史教训的。我们年轻时候，相信和追求"彻底消灭了人压迫人、人奴役人现象的理想社会"，实际上就是一个乌托邦的彼岸世界。但我们却坚信，乌托邦理想是可以实现的，可以由彼岸理想变成此岸现实。为了"在地上建天堂"，我们不惜付出一切代价。于是，就有了1958年的"大跃进"。

但"大跃进"带来的是20世纪60年代的困难时期，无情的现实证明：彼岸理想现实化，"在地上建天堂"，就必然带来灾难，"天堂就是地狱"。事实就如鲁迅所说，"黄金世界也有黑暗"，现实存在的人类社会永远会有压迫与奴役，甚至可以说，人类社会的每一个进步带来新的发展可能性的同时，也会带来新的压迫与奴役。当下中国与世界就面临这样的问题：互联网、大数据等新科技，已经从根本上改变了人类的生存状态，这是一个历史的进步，同时也是新压迫、新奴役的开始。但我们又不能因此而走向另一个极端，完全否定"消灭人压迫人、人奴役人现象"的乌托邦理想（彼岸关怀）的意义和价值。在我看来，坚持彼岸关怀至少有三大意义。一是认识到压迫与奴役在现实世界虽不可能彻底消灭，但却可限制，可约束；彼岸理想世界虽不能至，却可趋近。这样，人类就可以通过一系列制度建设，限制压迫与奴役，建立一个相对平等、民主、自由的现实理想社会。对我们个人而言，有了这样的彼岸关怀，就可以采取一种积极、认真的人生态度，为反抗与限制压迫、奴役而努力奋斗；否则，就会陷入虚无主义与市侩主义，并极容易被打着各种旗号的虚假"理想主义"所迷惑，走向歧途，这正是今天许多年轻的各种"小粉丝"的生命危机所在。二是心存彼岸乌托邦理想，用彼岸的光明（应该成为的样子）来照亮此岸的黑暗（现实存在的样子),从而产生彻底的批判性。这也是我的基本人生经验:坚持消灭一切压迫、奴役的绝对平等、自由、民主的乌托邦理想;但又清醒于其本质上的彼岸性,拒绝将彼岸世界现实化;更以这样的超验的彼岸理想对现实中一切压迫、奴役人的现象(包括自己有意无意地对他人的压迫),采取彻底的批判态度。前文谈到的我对"真的知识阶级"的基本立场就是这样建立起来的。三是彼岸关怀对养老人生的意义。这就是雷老师所说,面对死亡,人必须有所希望,被光明所笼罩的彼岸就是希望。因此,尽管我和老伴都是无神论者,却都选择了集中了彼岸关怀的宗教音乐来伴随自己的最后人生。在老伴生命临终之时,我这样对她说:你已经走到了"此岸"的尽头;我的任务就是和宗教音乐一起陪伴你,从"此岸"逐渐趋近于"彼岸"的光明世界。有了"彼岸"光明的照耀,你在走人生最后一段路程时,就能获得内心的宁静。

④ "疑我"

这是雷老师注意到的一个社会现象:或许从来没有一个时代像当今世界一样矛盾,人们的自我张扬和自我怀疑同样突出。他因此引述了俄国著名作家陀思妥耶夫斯基的小说《卡拉马佐夫兄弟》里的一句话:人们"既不信上帝,也不信自己能够永生"。他解释说,这是因为人类脱离传统社会,进入现代社会,"生活的节奏越来越快,环境变化日新月异,知识爆炸,新的视野与认知不断打破人们原来的观念,改变人们的生活习惯","一切都处于变动不居中",具有"不确定性",人也就"尽量去怀疑一切能够怀疑的东西,然后在不可怀疑的地方找到确定性"。

  这样的观察与分析,相当独到而深刻,颇具启发性。我却想另作一点发挥,强调"疑我"应该是我们要重新建构的人的"自我意识"的一个重要方面。也就是说,人的"自信"与"自疑","自负"与"自谦",自我肯定与否定,相反相成,缺一不可。走向任何一个极端,都是对人性的扭曲。我一再强调,人对自我的思想、认识应该"理直气不壮",任何事都要自有己见、主见,又不能气壮如牛。应该看到,客观事物是极端复杂的,你的认识即使正确,也只是揭示了事物的一个方面,这样就有可能对事物的另一方面有所遮蔽。任何科学的认识,都是在反复质疑过程中形成的。而且在我看来,是否具有自我质疑精神,是衡量一个人是不是"真的知识阶级"的基本标准,只一味批判他人,而不批判自己的人,首先就应该被质疑。人老了,最容易犯的毛病,就是固执己见;老年修养的一大课题,就是逐渐养成自我质疑的习惯,无论说话做事,都要留有余地,后退一步,反而主动。

⑤ "勿我"

雷老师还提醒我们:"自我概念需要有一个合理的限度。"这个限度就是"尊重和保护他人和你拥有同样自我概念的权利和自由";这个限度的反面,是"用自己的自我概念去吞并他人的自我,或者只允许自己有漫无边际的自我概念,而不允许他人主张自我"。我们必须有一个"大我"的观念,眼里、心中要有"他人","看到他人身上有着与我们相同的自我",并且"站在他人的立场来看问题","人的自我概念就不会再局限于一己之私",就有了"一个更高层次的自我",从而"突破了小我的限制,开始了通往大我的康庄大道"。我由此而想到,我们在建构"纯粹自我"时,绝不能把它绝对化,榜样化,唯一化。它的意义和价值,仅在于表明,"人可以这样活着",但绝不能要求别人也"这样活着",还要允许他人对"这样活着"提出疑问:"小我(自我)"的活法再合理,也只是"大我"的活法之一种。

⑥ "损我"

雷老师解释说,"所谓'损我',就是指人们既接受自我概念内容的增加,同时还有自觉地剔除自我概念中不适合和无关紧要的东西,甚至完全放弃自我概念中的具体内容,回到纯粹自我中去","回到人性最本真的状态,就像老子主张的'复归于朴','复归于婴儿'","在生活中质朴而行"。这其实也是我要讨论的老年"人"的生命形态,其中一个重要方面,就是"回归童年"。所谓"返老还童",主要是回归童年的"纯真"与"淳朴"。人的自我欲望是无止境的,正像叔本华所说,"生命是一团欲望。欲望不满足则痛苦,满足则无聊。人生就在痛苦与无聊中摇摆";人到了老年,就要自觉地"损我",做人生的减法,使自己的生命简化、纯化、朴实化,最终从痛苦与无聊中摆脱出来。所谓"无官一身轻",我们也可以说"无欲一身轻",超脱一切,也就超越了生与死。就像老子说的那样,"损之又损,以至于无为",也就"无为而无不为"了。

⑦ "无我"

还要"釜底抽薪",达到"无我"境界:不仅放弃自我对外部世界的占有(名利、地位之类),也对纯粹自我的活动进行限制、反思和批判。这就"需要有个内在的批评者",它"应该比纯粹自我更公正,更智慧,更全面","不妨把它叫作'超越性自我'"。把一切想深想够,看穿看透,就真正"向人的心灵回归了","似乎就从死亡当中超脱出来了"。这大概就是古人所说的"乐天知命",一切顺从"命运"的安排,听其自然吧。

6. 对"死后自我"的主动、理性安置。

2019年老伴病危之际，我就和老伴共同拟定了"遗嘱"，对我们俩的"死后安置"做了两项安排：一是将骨灰合葬在我们钱家在北京郊区房山农户的树林里买下的墓地中，在两株大树底下，算是"入土为安"吧。预计我们这一代和下一代会去扫墓，再后就很难延续了。其实，我都觉得无所谓，人死了就是成一堆土，回归了大自然。

二是在我的中学母校南师附中设置"钱理群、崔可忻奖学金"，奖励品学兼优的中学毕业生，特别规定每年都要有一两位是学医的学生，并赠以《崔可忻纪念集》一书，把可忻的精神转化为医学教育文化资源。

在可忻远行以后的两年里，我又对自己的"死后"做了一系列的安排：2020年，集八年之功，由我主编的《安顺城记》出版，我购置了1000套分赠贵州各地图书馆和大学、中学。以后还准备将我的全套著作分赠北京大学图书馆，贵阳、安顺图书馆和大专院校，以及南师附中图书馆。我期待能够在我的两大精神基地——北京大学和贵州安顺，以及在我的中学母校，留下自己的印记。

我这样马不停蹄地写书、编书，其实就是自觉地与死亡赛跑，要在死亡不知何时、以什么方式降临之前，把我想写的东西写出来，并自己动手把一生未加整理的著作整理出来，留给后人。

我还准备留下我的三种录像：2002年在北京大学上"最后一课"的录像，给中学生讲鲁迅《孔乙己》和萧红《呼兰河传》的录像，以及2021年《十三邀》节目做的"晚年访谈录"。

到此刻，2021年8月31日，除了还计划写三本书之外，我想做、能做的事都做完了，再加上写出这篇总结性的文章，就真的可以坦然去会见"死亡之神"了。

但我的内心仍不免有些沉重。这是因为写书、编书，是我自己可以做主、掌控的，而出书，能不能出、怎样出，都由不得我自己。可能有些书能够出，但都需要删改；有的书恐怕在生前出不了，只能"藏之名山"，其实我最后选择继承"司马迁传统"就是意识到了这样的结局，只有寄希望于"死后"出版，而且"死后"有没有这样的出版机遇，也说不定。

这就意味着命中注定：在我的"生前"，不可能呈现"真实而完整的自我存在"；只有在"死后"，才有呈现的可能。这大概就是中国异类知识分子的命运，这是具有个人与历史悲剧性和荒谬性的。

一旦得以呈现，我也就"心安"了。至于后人如何评价，历史怎样筛选，我都管不了，也不想管，一切听其自然。

我存在过，我努力过，多少有些东西留给后人——这就够了。

如何坦然面对死亡

说"坦然面对死亡"也是相对的——我内心深处依然存有不安,甚至恐惧。主要有五个方面。

其一,我的毛病是喜欢想时代大问题,所以不免要想:在这个无真相、无共识、不确定的历史大变局中,我们的养老院还能继续保持"世外桃源"的状态吗?会不会有突然的变化,让我们老年人生失去安宁?有没有可能出现经济危机,以致我们的养老资金储备不足以应对?

其二,一个更现实的忧虑,是葛文德先生在他的书里一再提及的:"不再有能力保护自己的时候,如何使生活存在价值?"根据我的观察,"生死问题"在养老人生的不同阶段,有不同重心与意义:开始的独立自主阶段,以"生"的调整为主;最后临终阶段的接受"死亡",虽然艰难但时间有限;唯有中间的不能独立自主阶段,面对连续不断的丧失,"生与死"的困惑极度尖锐,被称为养老院的"三大瘟疫"的厌倦感、孤独感、无助感达于极致,自己又不能独立应对,更不知会持续多久。在这样的境遇下,还想追求生活存在的价值,掌握自己的命运,恐怕难上加难。我实在想不出其路径何在?思及于此也还在发怵。

其三,我在陪同老伴走人生最后一段路时,留下一些恐怖记忆，还在继续折磨着我。最不堪忍受的，是前文谈到的她在患谵妄综合征时感到自己被监控、想逃跑而不能的惊惧。应该说，我的人生道路比可忻曲折得多，我所受的打击、迫害也比她严重得多。表面上看，在一切结束以后，我对这些经历已经看淡，从不提及；但我自己明白，其实依然深藏在心底。我就担心，在我面对死亡，精神失控的时候，会不会突然爆发，让自己陷入极度恐惧之中？

其四，我在观察老伴临终前的生命状态时，还发现：她特别依恋自己女儿和儿子，似乎一刻也不能离开。这样的柔情，在性格刚强的可忻那里是极少见的。我因此而强烈地感觉到，人到生命即将结束时，对自己的亲骨肉的血缘之情，会有一种特殊的需求。这就一下子触及了我内心深处的隐痛：因为我一辈子都深受家庭出身之苦，在"文革"后期与可忻结合时，害怕自己的家庭出身会连累后代，就决定不要孩子，宁愿"断子绝孙"也要把苦难结束在自己这一代。这其实是我前半生的不幸遭遇中的最大不幸，其残酷性是后人难以理解和想象的。因此，我在后半人生里也一直回避不提。但现在到了最后的养老阶段，似乎又回避不了。虽然现在照顾我的侄子与侄媳对我极其负责、贴心，朋友们都说这是我的"福气"；但我仍然担心，到了生命最后一刻，我会不会因为没有"子女之爱"而产生失落感与不安全感，以至恐惧？但愿这只是"杞人之忧"。

其五,雷爱民先生书中的一句话也让我猛然一惊:对于"死亡真正来临时,人的意识层面和精神现象到底是怎样的"?我们依然"没有太多的认知"。我突然意识到,即使我在这里大谈"我的生死观""养老人生的自我设计",谈得头头是道,但死亡真正降临我的头上时,我的意识层面会有怎样的反应?会出现什么样的精神现象?我和周围的亲人、朋友,以至医护人员,都是一个"不知道"!这种难以预计性,正是死亡让人真正感到不安,以至恐惧之处。本来这也不是事儿:不去想就得了。而我这样的、什么事儿都要追问不止的"臭知识分子"偏偏要想,这就只能说是一种"宿命"了。——就写到这里,不说了。

2021年8月

推动"安宁缓和医疗"事业的几点想法

| 2020年10月27日在"谈生论死"大型文化沙龙上的讲话

关于养老人生,我已经讲了不少,但还有一个话题没有展开,这就是今天要讨论的"安宁缓和医疗"。

"养老人生"是一个笼统的说法,其实,它分为不同阶段,有不同的人生期待与要求。在我看来,至少包括三个阶段。第一阶段,就是相对比较年轻的六七十岁的老人,还有像我这样的八十多岁、身体相对健康的老人。在这一阶段,我们追求的是健康、快乐、有意义地活着。而另一些老人群体,处于生命的最后阶段,当他们患了不治之症,做出"缓和医疗"的选择时,所追求的,一是生理上不太疼痛,二是安宁而有尊严地活着。更有相当多的老人,处在二者之间,从第一阶段逐渐过渡到第三阶段：身体由相对健康转向重病缠身，从基本能自理转向不能自理。在这期间，还容易发生各种心理的疾病。这一阶段，第一要求治病（生理与心理的），第二是心理、情绪上的安定从容，尽量不被焦虑、烦躁，以至恐惧所纠缠和控制。

我认为，这三类老人都应该成为我们养老院关怀、照护的对象。据我所知，许多老人选择我们这个养老院，对后两个阶段的期待和要求或许更为迫切，而我们关注得显然不够。今天这个沙龙，把"安宁缓和医疗"当作大事来进行专门的讨论，希望是一个好的开端。我建议，会后再举行一次座谈会，听取更多居民的意见和要求。我还期待，以后有机会专门讨论第二阶段的养老人生。

关于今天讨论的安宁缓和医疗问题，我缺乏相应的专业知识，更没有任何研究，只是根据我的老伴去年在泰康燕园康复医院进行缓和医疗，最后安宁远行的经验，谈点想法。

我首先要说的是，我认为，安宁缓和医疗应该坚持两条原则。

第一条，要以病人为中心。记得我和老伴病重四处求医时，一位著名医院的著名医生知道老伴也是一个医生时，就对她说，现在到我这里来治病，就得忘记你的医生身份，不能有任何自己的主意，一切都要听我的。"以医生为中心"，这大概是大多数医院的治病原则，也自有它的道理。但在我看来，至少在安宁缓和医疗阶段，要以病人为中心，更多地为病人着想，尊重病人及家属的意见和要求。我们最后之所以选择在泰康燕园康复医院做安宁缓和治疗，就是因为那里有傅妍、宋安这样"以病人为中心"的医生。我期待泰康燕园康复医院能更自觉地发展和完善"以病人为中心"的医疗原则，形成自己的鲜明特色和品牌。

第二条，更加个性化，不同病人不同对待。根据我的观察，人到了生命最后一个阶段，其生理、心理上，身体和精神上都会出现比一般病人更为复杂的状况，不同的人有不同的需求。这对从事安宁缓和医疗的医生、护士，都提出了更高的要求：不仅要有专门的医疗（包括心理治疗）技术，希望有更多的耐心，同时对病人生理、心理的微妙变化要有更高度的敏感，还要有更高的修养和智慧。这都需要经过专门的培训。目前，中国的安宁缓和医疗还处于起步阶段，精心挑选、培养一支合格的，进一步达到高水平的专业人员和志愿者相结合的安宁缓和医疗队伍，既是当务之急，又是关键。

再简单说几点意见。

1. 安宁缓和医疗首先自然还是治病，绝不能认为"缓和"就是"不治病"。但也不可否认或者忽视，更多的会面对养老心理学、管理学、伦理学，以至养老哲学的问题。像崔可忻到最后就患上了谵妄综合征，有的老人还会有忧郁症，出现种种心理的病态，这都说明，安宁疗护更需要病理和心理治疗并进，是一种"医学与心理学、伦理学、哲学相结合的综合治理"，是医学科学与人文科学的有机结合。

2.除了队伍建设，还要有相应的组织建设，即建立"一条龙"的服务。以"医生—护士"为基本骨干，同时建立一支相对稳定、高效、有责任心的护工队伍。这是安宁疗护的又一个关键，因为真正24小时须臾不离的只能是护工。这样的护工也应该逐渐相对专职、专业化。要选择文化程度相对高、具有爱心的人做护工，他们的待遇应该高于一般的护工，超出的费用可由病人和家属承担（私下沟通即可），同时也要加强管理。泰康已有的安宁疗护机构，也应该加强和安宁缓和医疗病区的合作。在我看来，可忻主张并赋予实践的"告别方式"是值得推广的，在病人和家属合作下，逐步形成一种"送终模式"。

3.根据我的观察，老人到人生最后时刻，子女的爱对他们非常重要，这也可以说是生命的一种回归。而且，在生命结束阶段，老人与子女关系上也会出现许多复杂的情况。因此，安宁缓和医疗病区也应该为子女在身边陪伴创造最好的条件。鉴于燕园社区居民的子女很多都在国外，建议病区特设几间住房，供子女陪住。同时也要将病人儿女作为关怀的对象。

4.安宁疗护最终要落实到精神的关怀和慰藉上,这或许是最重要的。这关系到人生命的最后归宿。在这方面,宗教文化与相应的宗教音乐,可以起很大作用。这当然不是要把宗教信仰强加于老人。我和可忻都是无神论者,可忻最终也没有接受洗礼,但我们都倾心于宗教文化,因为它给我们提供了一种"彼岸关怀"。这样的彼岸世界对于一个走到了人生尽头的老人来说是特别重要的。而且我们所说的宗教文化不限于西方基督教文化,也包括东方传统的佛教文化、道教文化。我和可忻讨论得最多的就是如何把宗教文化的精神融入她生命的最后阶段。我在日记里有这样的记录:

> 国人世世代代向往的,就是好死和善终。一个人走到生命的出口,还没有到达天堂入口的时候,是最孤单的,我们就是陪着这个人走过这最黑暗的日子的人,让她平静地离去。
>
> 最后厮守相望的,只有可忻和我。老伴,老伴,最后相伴的,只能是老两口。而且该想的都想了,该说的都说了,该做的都做了,最后只是相对无言。但从另一个角度说,这也就意味着,生命进入了空、澄的状态。这是人追求一辈子的最佳境界。这是中青年时期很难达到的生命境界,是老年人生的独特意义和价值所在,我们应该珍惜。

可忻最终选择了宗教音乐的陪伴。每当宗教音乐的旋律在病房回荡，可忻就平静下来，时时露出笑容，"灿然而惨然，令人心疼"。可忻还和女儿一起精心挑选了告别仪式和灵车上的宗教音乐。可以说，是宗教音乐伴随着她走向彼岸世界的。

04 圆人生最后一个梦

圆人生最后一个梦：
和金波先生对话

从我的一个梦说起

1956年我17岁高中毕业时，在学校举办的"我长大了做什么"演讲比赛上获得了第一名，我的讲题是"我的儿童文学家梦"。我从小就喜欢安徒生，还有20世纪50年代在中国最有名的苏联儿童文学家盖达尔，他的《铁木尔和他的伙伴们》也让我入迷。我还写过一篇上万字的论文《论盖达尔的创作道路》，这也是我写的第一篇"学术论文"。

我不仅读童话，自己也写。我至今还记得，每到星期六的下午，我都和好朋友到南京最有名的风景区玄武湖去玩儿。

划船到荷塘深处，他画画，我写自己的童话，还写过一个电影剧本。因此，高中毕业我就决心当儿童文学家。当时盛行一个观点：文学创作必须要有生活。我就报考北京大学中文系新闻专业，希望大学毕业后到《中国少年报》当记者，到全国各地跑，生活材料积累多了，就可以创作儿童文学作品。但到了北大，很快就发现，自己的兴趣在学术上，我的真正强项是理论概括力与想象力，喜欢对问题做判断、提升。我也因此往往忽略具体的细节，对生活细节的敏感度、感受力、记忆力和描述能力都比较差，而这正是文学创作的基本功。我终于明白，自己不适合从事儿童文学创作，应该搞学术研究。我的儿童文学梦也因此而破灭，以后阴差阳错，还真的成了一个学者。

不过，我和儿童文学的缘分还在，主要是我一直保持一颗童心，越到老年越是如此。于是，又有了我的新的儿童文学梦。最近，我在整理旧书信时，发现我65岁，也就是16年前写给一位安徒生童话研究者的一封信。信中对"儿童的发现对中国现代作家和现代文学史的意义，至今没有进入研究视野"感到遗憾，同时提到了我内心深处"研究儿童文学的冲动"，表示"这可能是我生命最后阶段所要做的事，是我的最后一个研究计划。这也是我的浪漫想象：在七八十岁时，通过儿童文学的研究，实现人生老年与童年的相遇，这是一件真正具有诗意的事情"。

现在16年过去了，我真的成了80多岁的老人。可是由于自己的注意力一直集中在现当代思想史、知识分子精神史的研究上，实在无暇顾及其他事，这个"儿童文学研究梦"就被搁置了。其实，我在20世纪八九十年代开始就在做准备，买了不少儿童文学作品，准备写一部《现当代中国儿童文学发展史》，事情一忙，就放下了，甚至逐渐淡忘了。

万万没有想到，我在养老院里与著名儿童文学家金波先生相遇了，并且有了逐渐深入的交往。特别是应金波先生之邀，为他的儿童文学创作写"点评"。仔细拜读之后，我竟然被迷住了。本来，当学术研究成为职业以后，就有些麻木，不容易产生冲动。但这回，我却完全沉浸其中，思绪绵绵，许多早已淡忘的关于儿童文学，关于儿童教育的思想全都奔涌而出，自自然然地就进入了研究状态。我对自己说，真遇到知音了。这就是"我与儿童文学"在17岁—65岁—81岁的三次相遇，并且有了这一次"金波著，钱理群点评本"的合作，以及今天的对话。

以上，就算是一个开场白吧。

"狼性教育"是我们共同的焦虑

为这次对话，我认真读了金波先生的一些著作，不仅是他的创作，也包括儿童文学、儿童教育的论述。最让我触目惊心的是，2005年他在和一位记者的交谈中说到，有人主张要对孩子进行"狼性教育"。这些人的观点是，成人世界是一个竞争的世界，是一个残酷的世界，要对孩子进行"狼性教育"。我真的惊呆了：因为这样的"狼性教育"正是我们一直在批判的应试教育的极端表现；无情的现实是，不管我们怎样质疑，应试教育就是管用，事实上在支配着中国的教育，不仅得到许多领导、教师的青睐，更得到许多家长和孩子的认同。最根本的原因，就是它背后的弱肉强食的价值观、世界观，事实上在支配着中国成年人的思想与行动，自然也就要影响、支配我们的教育，包括儿童教育，最后必然发展为"狼性教育"。

我们的反思和讨论，就从这里开始吧。

主张"狼性教育"的人认为，孩子总要长大，与其让他们沉浸在虚幻的儿童世界，不如让他们尽快认同成人世界的价值观。且不论其所鼓吹的成人价值观本身的问题，单就否定儿童世界的意义，急于用成人世界取代，就会造成极大危害，犯"颠倒人生季节"的错误。

"人生季节"的问题,最早是周作人提出的。他说,人的生命就像大自然的四季:小学和中学是人生的春天;大学是盛夏;大学毕业后到中年就是人生的秋天;到老年就到了冬天。人生季节和大自然一样,春天该做春天的事,夏天该做夏天的事。我们讲"儿童文学就是春天的文学",金波先生的文字就充满了春天的气息,我注意到一位评论者说"金波先生是很绿的",绿色就是春天的颜色,因此,他的作品的最大价值就是帮助儿童在"春天的成长"。自然季节不能颠倒,人生季节更不能颠倒。

现在的问题恰恰是人生季节的颠倒:让孩子去想成年人的问题,去做成年人的事,过早地学会成年人的思维和行为。所谓"少年老成",其实就如一位中学老师所说的"如今少年已成精",其老到、精明、滑头,见人说人话,见鬼说鬼话,让我看得目瞪口呆。

强调"人生不能颠倒",还有俄国文学评论家别林斯基。他说,人生应分为三个阶段:从小学、中学,甚至大学,应该是"做梦的人生",唯一的任务就是"做梦",在理想的、快乐的世界自由自在地驰骋;走出校门,进入社会,往往要面对梦的破灭,于是就有了理想与现实关系的调整,这是一个痛苦的却必须经历的人生过程;到了晚年,就应该重新做梦,在更高层面上做梦。我和金波先生大概都经历过这三个阶段，我们今天在这里大谈儿童阶段的梦幻人生，本身就是在做梦。而我们今天的孩子，就没有这样的完整人生的幸运：他们从小就被剥夺了做梦的权利。一个没有梦的童年是可悲的，一辈子没有做过梦的人生更是可怕的。

这就说到了一个根本的问题：我们的教育剥夺了孩子"成长的权利"。

我们不承认，中小学生是一个独立的生命，是完全的个体，有他自己内外两面的生活，有不同于成年人的生命成长过程中的问题，也就有独立成长的权利。我曾在一篇题为"我理想中的中小学教育和中小学教师"的演讲里谈到，今天的中小学教育，至少在相当程度上剥夺了孩子的三大权利：一是好奇、探索、发现的权利；二是自由的时间和空间，自由地支配自己生活、生命的权利；三是欢乐的权利，尽兴、尽情地"玩"的权利。这就从根本上扼杀了孩子的天性。我特地用了"扼杀"这个重词，绝非文学的夸张，而是无情的现实。我在演讲中特地谈到"这些年中学生、大学生、研究生自杀的恶性事件越来越多，小学生自杀的事情也屡屡发生"，已经成了重大的不能回避的社会问题。再进一步地追问，我们就发现在一些青少年中"活着的理由成了问题"。我分析说，且不讲大的人生目标，通常让人活下去的理由有两条：因为有人（父母、兄弟姐妹、朋友、老师）爱我；因为我感觉到生活的快乐。无情的现实恰恰是，生活中"爱"的缺失——且不说农村的留守儿童，就是城里的许多父母也是整天忙着督促孩子学习，严厉有余而温情不足。在这样的严酷教育下，孩子也就不能充分感受到生命的快乐，甚至有些孩子从来就没有感受过生命的快乐，那"活着的理由"就不充分了。弥漫在相当部分孩子身上厌生厌世的消极情绪正是敲起的警钟。我在演讲最后发出了"保卫童年"的呼唤；金波先生在他的文章里也提出，要"把真正的童年还给孩子"。这或许是我们在这里对话最想说的话。

接下来的问题是，我们能做什么？

呼唤"儿童文学新启蒙"

这是金波先生在他的文章里提出的一个意义重大也很有意思的命题，有两层意思。

一是今天需要对儿童、青少年进行"新启蒙"，把他们从应试教育、狼性教育造成的"蒙昧"状态中解救出来。这个问题，我们将在下面展开，详尽讨论。这样的"新启蒙"，当然主要依靠学校教育。在我们的理解里，这也是今天的教育改革所要完成的历史使命。而且事实上许多处于教育第一线的有理想的学校领导和老师也在做这样的新启蒙教育，并且取得了一定成效。我最近出了一本《写在中小学教育的边缘》的专著，记录了分散在全国各地从大中城市到农村、边远地区的十五六位老师的新启蒙教育实验。在我看来，中国中小学教育的希望正在这些坚守在第一线的老师身上。

我们所能做的，是站在民间立场上做辅助性工作，这就是金波先生所说的，通过"儿童文学的写作与阅读"聊助一臂之力。金波先生在他的一篇文章里特意谈到，儿童文学启蒙可以在五个方面帮助孩子并影响儿童的一生。一是认识自我、自然、社会；二是理解真、善、美，丰富情感，提高道德素养；三是激发好奇心、直觉和想象力；四是学习母语；五是培养阅读兴趣，养成阅读习惯。这五个方面都很关键，我们在下面会一一展开讨论。

我们实际是想在自上而下的学校新启蒙教育之外，再推动一个自下而上的民间新启蒙教育。因此，期待有更多的群体参与这样的儿童文学作品创作与阅读。具体地说，有三个方面的设想，准备与青岛出版社合作，编写由金波著、钱理群点评的儿童读物。

我们确定这套书的读者对象，不仅是儿童读者，还包括他们的家长。这背后有一个教育理念，也就是金波先生和我这些年都在提倡的"亲子共读"的"诗教"。如金波先生所说，这样的诗教包括两个方面：诗的教育与家庭教育，同时也是家庭文化的新构建，把诗教、亲子共读作为"维系家庭亲情关系的一种方式"。

我主编过《和孩子一起读诗》（儿童卷上下、青少卷上下），写有长篇总序，强调"诗与童心的内在契合"，提倡"家庭诗教、社会诗教、学校诗教的合一"，也可以扩大到整个阅读，倡导家庭阅读、社会阅读和学校阅读的合一。

而且，我们强调，家庭诗教（阅读）要以不同方式贯穿孩子的一生，我们因此提出"让诗歌（阅读）伴随你一生"的教育命题，家庭、人生命题。我们的理论依据，是"人类个体发生和系统发生的程序相同，儿童时代要经过文明发展的全过程"的人类学原理，强调孩子在一生成长的不同时期有不同的生命、精神追求，家庭诗教（阅读）也有不同方式与不同要求。我们设计分为四个阶段：

1. 学前阶段，以父母给幼童吟诵诗歌，在又吟又唱又跳的游戏中读儿歌。

2. 小学、部分初中阶段，由家长和儿童一起读诗文，家长给予适当讲解。

3. 初中、高中阶段，以已经进入少年和青年生命期的儿女自主阅读为主，家长自己也要同步阅读，并和儿女一起讨论。这一时期儿女处于青春反抗期，与父母交流有很多障碍，一起阅读、讨论文学作品,是最容易沟通的。

4.最后是老人(祖父、祖母)和第三代一起读诗,可以以中国古诗词为主,既是彼此精神需要,也是沟通祖孙辈的最佳方式。

这样,诗教、家庭阅读就真的伴随孩子一生的健康成长,伴随家庭几辈人的健全发展。我认为,今天提倡这样的家庭阅读,或许有很大的迫切性。因为疫情后,家庭成员的接触会愈来愈多,如何沟通家庭三代人的精神与感情,已经成为家庭和社会生活的一大问题。因此郑重建议,家长们不管多忙,也要抽出时间,一个星期和孩子共同阅读一两个小时,慢慢形成习惯,以至传统——新的家庭文化传统。确如金波先生所说,这对维系家庭的亲情关系、家庭的和睦和谐十分有效。

我们合作这套书的预期读者也包括学校里的老师。这就是金波先生说的,"做孩子的老师,也要做孩子的学生"。今天的老师的问题也在于童心的丧失,因此也需要唤回孩子般的新鲜感、想象力,对美的探究与表达的愿望。金波先生讲得很好,我就不多说了。

想多说几句的是,出版社在民间启蒙阅读教育中可以发挥的作用。我注意到金波先生与好多出版社都有密切的合作,也主持了不少儿童书籍出版工程,我自己也在这方面做了一些尝试，在课外阅读方面做了许多努力。其中最成功的有三次：2001年和广西教育出版社合作，编选《新语文读本》；2010年与浙江少年儿童出版社合作，主编《小学生名家文学读本》；2020年又担任了浙江少年儿童出版社编选的《跟着名家学语文》的名誉主编，金波先生就是我们重点推出的名家之一。可以说，前后20年我始终坚持通过编写、出版课外读物，进行民间启蒙教育阅读实验，在中小学语文界产生了持续的影响，这是我最感欣慰的。

我也由此总结经验，认为出版社在这样的民间启蒙阅读教育中应该担负组织者的作用，即"利用自己的出版实力，在社会和读书界的影响，将有编写课外读物的积极性又分散在全国各地的作者，集中起来进行某一项重大编写课题实验"。"这就在由国家资金资助，进行国家课题的学术、出版组织模式外，开辟了一条发展民间学术、阅读的新途径"。对出版社自身而言，这样的"学术研究、课外读物编写—出版—发行"一条龙的模式，可以由被动接受稿件变成主动组织稿源，使出版"精品"的目标有了切实的保证。在我看来，我们这一套书的编写和这次访谈，都是这方面的自觉尝试，是值得提倡的。

下面，我们要进入真正的、实质性的讨论。

我们的基本儿童文学观和教育观

我们所理解与倡导的"儿童文学新启蒙"主要包含以下内容。

1. 保护儿童天性，把孩子的天性发展为"人的自觉"。

这可能是金波先生和我的儿童文学观、儿童教育观的核心与本质。这里有两层意思：首先要"保护儿童天性"，这自然是针对前面谈到的"在应试教育、狼性教育下儿童天性的丧失"，这也是我们要进行启蒙教育的前提。但这还不够，要把本能、天性提升到自觉，"从自然人变成文化人，由自在的人变成自为的人"（《我理想中的中小学教育和中小学教师》，收于《我的教师梦》）。这大概有四个方面。

（1）和大自然融为一体的天性

我注意到金波先生儿童文学创作最重要、最基本的核心母题正是儿童与大自然。一写到儿童与大自然，他就动真情，笔下生辉。金波先生在《自然笔记》序里特意谈到"孩子对大自然那一份独特的感受和趣味。大自然对于他们来说，就是无边无际的游戏场"，"面对大自然的万千生命，孩子的心胸最包容，态度最平等"，"以真诚结交朋友"，"有好奇的探究，新鲜的发现","还有内心的敬畏"。而"大自然里的色彩,声音和万千物种",还有大自然的"美",永远会让孩子陶醉其间,并萌生新的渴望。而所有这些包容、平等、真诚、好奇、发现、敬畏,都是今天成年人与大自然相处时所稀缺的。而正是经历了这一次全球范围的新冠疫情的惩罚,人与自然的关系正是所有国家、民族在后疫情时代面对的全球性课题。在这时候,我们真的要回到童年,和孩子一起,按人的天性与大自然交往。

金波先生的《自然笔记》重提孔子所说的"多识于鸟兽草木之名",更是意味深长。"多识于鸟兽草木之名"正是中国传统文化、传统文学、传统教育的根基。因此,我们今天回到大自然中来,也是对传统文化、文学、教育的回归。

不过,我想强调的是另一面。这就是我在《〈新语文读本〉编写手记》里强调的,孩子生活在大自然里,但"这大自然的美,是需要人用自己的感官、自己的心去发现的"。于是就提出了一个重要的教育课题:"会看的眼睛,审美的眼睛,会听的耳朵,审美的耳朵,是需要培育、训练的"。所以,中小学文学教育、艺术教育必须担负的任务是"开发学生的感官,即他们的视觉、听觉、味觉、嗅觉与触觉,特别是视觉与听觉",简单说就是培育"会看的眼睛,会听的耳朵"。

从这一角度读金波先生的儿童文学创作,我真是惊喜不已。在我看来，金波先生所写的是真正的"大自然的文学"，能引导孩子去拥抱大自然，感受大自然，发现大自然的美。我特别感兴趣的是他的三个大组合，我都写了专门的点评。首先是关于如何观察、感受、发现、欣赏、表述"树之美"——光看题目：《树的名字》《雨后的大森林》《爷爷种下一棵树》《河边有了树》《树和船》《桦树皮信》《黄昏，那里的每一棵树》《深秋的树林》《树的思念》……就够迷人了。还有如何观察、感受、发现、欣赏、表述"雨之美"——看看他都写了什么：《小雨的悄悄话》《听雨》《雨天的发现》《雨夜的遐想》《雨没有停》《雨天的好心情》……读着读着，不知不觉间，你就有了一双会看雨的眼睛，会听雨的耳朵，一个会想象雨的脑子了。还有呢，如何观察、感受、发现、欣赏、表达"虫之美"——单是这些昆虫的名字：金铃子、冬蝈蝈、伏凉儿、豆娘、老鸹虫、金龟子、屎壳郎、蝲蝲蛄、花蹦蹦、书虫、蚁狮、跟头虫、磕头虫……就把你震住了。你是不是也迫不及待地要像金波爷爷那样，重去"蹚蹚草地"，"惊起一片昆虫的飞翔、蹦跳"，然后再去"捕捉它们"，作为"可以嬉戏的朋友"，痛痛快快地"玩一玩"？应该说，无论是树、雨，还是虫子，都是身边的大自然，大家却都不注意。我们，可能还有我们的孩子的触觉、听觉、视觉……都麻木了。现在就是要把它重新唤起，并提升为审美的眼光、听力、感受力、想象力、表述力，而且还要有不断发现、重新发现大自然之美，进而发现生命之美的自觉与能力。这也是金波先生的自觉追求。在他看来，这是世界文学，包括儿童文学中"大自然的文学"的一个传统。他专门提到了梭罗强调"黎明的感觉"。我由此想到，我的老师林庚也是一直强调"用婴儿的眼睛去重新发现世界"。还有苏联的普里什文"把大自然与艺术，哲学，人生融为一体"，日本的东山魁夷"面对大自然，发现生命的意义"……这都道出了文学、儿童文学、儿童教育的真谛。

（2）爱（真善美）的天性的保护和提升

"爱"是从幼年到老年的人生主题，也是文学（包括儿童文学）的永恒主题，"爱"更是教育的根本。但也正是"爱"在我们的现实教育与社会里被扭曲得最厉害，需要重新维护。

首先要维护天性的爱。鲁迅说，所谓"天性的爱"，是"离绝了交换关系、利害关系的爱"。因此，他强调"父子之间没有什么恩"，人与人之间，社会与人之间，也都没有"恩"。而我们现在进行的恰恰是"感恩、报恩教育"，要求孩子"感恩父母"，就在父母子女之间强加进了权力关系：父母养育了孩子，就有权力支配孩子的一切，子女必须无条件地依附于父母，由此形成的是"长者本位"意识与社会、教育体制。而鲁迅等先驱却强调建立在天然血缘关系上的父母对子女、子女对父母的"绝对的,无条件的爱",而且以此作为"人"的底线。同时,也要坚持"幼者本位"。

但我们也不能停留在这"天性的爱"上。按照弗洛姆《爱的艺术》的观点,爱有一个从幼级阶段向高级、成熟阶段发展的过程。大体可以说,幼儿、初小时段是爱的初级阶段。它的特点是以儿童自我为中心,儿童被无条件地爱。但到了高小与中学阶段,就应该从"被爱"提升到"爱人",逐步发展到"关心他人,以及同他人统一"的"爱别人""创造爱",也就是从以血缘为中心的爱,发展到对他人、人类的爱。我们的教育,包括儿童文学、青少年文学的任务,就是要用理性的力量,引导学生"爱别人",包括爱大自然、社会等外部世界,"创造爱",达到"博爱"(博大的爱)的境界,从而获得成熟的爱。这是引导孩子生命从幼稚走向成熟的重要方面,爱的教育也要从感性的维护上升到爱的哲学思考层面。

(3)好奇心、直觉、想象力的保护和提升

金波先生提出,"想象与幻想思维是人类精神生活的元素";同时又强调"从原生态幻想引向艺术审美幻想"。这都直击要害。

对未知世界的好奇心,对万事万物本能的直觉反应,不受任何拘束和限制的想象力：这都是儿童的天性。到了少年时期（初中阶段）发展为"少年意气"。我曾经将其概括为"喜欢思考大问题，包括人生、哲学的根本问题""没有不可解的难题，没有不可探索的奥秘的自信心""初生牛犊不怕虎的勇气""不知天高地厚的狂气"。这样的"少年意气"到高中时发展为"自由、创造"的青春精神。这都是健全人生最理想的"底子"，弥足珍贵。但我们却用各种各样的理由，例如斥其为"幼稚""不成熟"予以扼杀。在我看来，这正是应试教育的最大问题，甚至是最大罪恶所在。

关于对儿童好奇心、想象力的提升、引导，我在编《新语文读本》时，也做过一些尝试，曾提出过一个对中小学生进行"基本想象力"培育的课题。我们当时构设的基本想象力有两个。一个是对"宇宙基本物质元素的想象"，即中国传统所说的"金、木、水、火、土"的文学想象。比如，我们编了一个《"火"的文学想象》单元，选了梁遇春的《观火》，梭罗的《室内的取暖》，鲁迅的《死火》。还有《看山与写山》《说几句爱海的孩子气的话》《诗人：土地的永远的歌者》，等等，引导学生从读相关文学名作入手，进行新的想象、新的语言创造。另一个是对"基本图形（圆形、方形、三角形，以及点、线）的想象"。这都不是单纯的数学图形，也包含了丰富的人文内容，其实就是人对于宇宙生命、自然生命、人的生命存在的一种把握的数学抽象。记得我们选了爱默生的《论圆》，钱锺书的《论圆》，把我们自己也带入了一个新的境界、境地。我们当时还设计了"对时间和空间的想象与思考"的选题，但没有选到合适的文章，只能作罢。这里还有一个意图，就是引导孩子不仅读文学作品，也要读科技美文，达到文科教育和理科教育的契合。我们因此把"文理交融"作为《新语文读本》的基本概念。这背后也有一个基本理念："审美和求知是人类自在的天性"，"在大自然里，美和真是一体的；人类审美与求真也是互渗、互动、互补的"。我们追求的就是真、善、美的统一，这也是人类自在的天性。

此外，我们还这样设想：要通过孩子对富有想象力的文学、科技作品的阅读，引导孩子进行"虚构的想象性写作"。因此在阅读建议里经常提倡"接着往下写"。比如我们节选了《小王子》第一章，就写了这样的阅读建议："作者刚告诉我们，他在'远离人烟的沙漠里遇见一个非常奇特的小男孩'，文章就中断了。这引发了我们的好奇心：这位小王子是从哪里来的？以后还会发生什么奇特的事情？——你能把这故事继续讲下去吗？讲完了，你再去看看作者写的《小王子》全书，和你的想象比较一下，会很有趣，是不是？"这一次我为金波先生写评点，也不断提出这样的"接着写""另外写"的建议。比如，金波先生写了一篇《拔草的老人》，我就加上这样一句:"孩子,你看到老爷爷、老奶奶拔草,会想到什么?如果从没有注意老爷爷、老奶奶在做什么,就找机会好好看看,想想。"这也是对孩子的观察力、思考力、想象力的一个引导。

(4)玩的天性

金波先生有一篇《快乐鸡毛》,深情地写道:

> 现在回想起来,(小时候)好玩的东西倒也不少。一块布头,几根狗尾巴草,都可能成为有趣的玩具。
>
> 鸡毛居然能给我们带来快乐,我至今没忘……那时候,谁的书包里没有夹着几根色彩鲜艳的鸡毛呢?

文章最后这句话大大触动了我。于是,我在评点中这样写道:

> 今天,孩子的书本里还夹着鸡毛吗?今天孩子读书生涯里,还有游戏吗?本来,孩子的生命中,就是一个字:玩!现在都被应试教育"挤"走了!请还给孩子"玩"的权利!

大概也是出于这样的感慨与忧虑，金波的作品里，"玩"（孩子的游戏）也是一大主题，仿佛一写到"玩"，他就回到当年，下笔有神！他不仅以"好玩"的心情，写"玩"，欣赏"玩"，还引导孩子"想"，思考"玩"背后的生命意义。在《快乐鸡毛》里就写到"玩"中不断有"新的诱惑，新的追求"，在比"谁是赢家"的竞争中"好胜心得到满足"的快乐。他还写过一篇《夏天的三种快乐》，一是"玩"中的"发现"与"猜想"，二在"玩"中"战胜自己"，最大的快乐是"能给别人带来快乐"，最根本的是"玩"中的"自由自在"！我注意到，金波先生最喜欢用、不断用的词，就是"自由自在"。原来，"玩"就是一种"自由自在"的生命状态。这样的生命状态最为珍贵，应该保留延续下来，成为终生不变的追求。

我们理解与追求的"儿童文学新启蒙"，除了以上详尽讨论的"保护儿童天性，把孩子的天性发展为'人的自觉'"之外，还有两个要点。

2. 突出母语教育。

文学从根本上是语言的艺术，而如金波先生所说，儿童文学应该担负起"培养学生热爱母语的思想感情"，"以母语为乐趣或生活方式"的任务。

我们在编选《新语文读本》小说卷时，就提出了三个指导思想与编选原则。其一,"突出汉字特点",特别引述了周作人的观点:汉字具有"装饰性、游戏性与音乐性",三大特点都与儿童天性相通。这应该是中国小学语文教育得天独厚之处,在这方面是大有可为的。我们还特地注意到周作人提出的"可以用字谜来培养学生对汉字形象特征的感悟",以及他将对联、急急令、笑话,以及拆字等语言游戏引入教材的主张。其二,除了前面说到引导孩子对母语及其背后的母语文化的爱以外,还要根据汉语的特点,突出朗读教育,注意引导孩子对汉语美与灵性的感悟,注意"语感"的培育,包括对不同作者不同语言风格的感悟和把握。其三,要充分注意儿童学习语言的趣味性、游戏性的特点,注意文学与艺术(音乐,舞蹈,戏剧)的结合。

这就必须谈到金波先生的文字,他对母语的热爱与创造性运用。这也是他的儿童文学创作最适合选作教材的重要原因。读金波先生的文字,我总能想起现代文学的一个传统:在五四时期,周作人就倡导"纯粹的语体";到了30年代,老舍自称他的语言追求,是"把顶平凡的话调动得生动有力","烧出白话的'原味儿'"来,因此要"始终保持着'俗'与'白'"。研究者解释说,"俗"就是一般人心中口中说的"日常用语","白"就是彻底的白话。到了40年代,就出现了一批这样的自觉地追求"白话的'原味儿'","俗而能雅,清浅中有韵味"的语言艺术家。我提到了萧红、骆宾基、冯至、赵树理等,并且这样分析萧红的《呼兰河传》关于童年回忆的文字。

> 这里充溢着生命(大自然的生命,人的原始生命)的流动,这是儿童眼睛所发现的世界。一切都是本色的,连同它的语言:五官感触到什么,心里想什么,口头上就怎么说,笔下就怎么写,全是天然地流露。这是充满直觉、质感的语言,这是极其单纯的语言,也是生机勃勃的、自由无羁的语言。同时,这是艺术的语言,明丽的色彩,天籁般的韵律,使你直逼"美"的本身。

金波先生的语言,或许还没有达到萧红、冯至这样的程度,但他显然是这一传统的继承人,他也在进行"在俗白中追求精致的美"的语言实验。这样的语言是适合儿童文学的创作,适合孩子的阅读需求,足以成为孩子学习汉语写作的范本。老师和家长也应该引导孩子从这个方面去读金波先生的作品。

3. 倡导阅读教育。

金波先生早在2005年就在和记者的一次对话里指出:

声画的传媒方式虽然有其直观、快捷、娱乐等长处，但它代替不了阅读。这是两种不同的感受方式。前一种方式，欣赏者是被动的，被情节和画面牵着走。后一种方式，阅读者是主动的，他与书本之间有着思考的空间和时间。因此，我认为声画传媒不能代替阅读思维，如何吸引儿童阅读，这不仅是儿童教育的问题，而且是社会的问题。

这也引起了我的强烈共鸣。我当年在编写《诗歌读本》时，也注意到"现代电影、电视艺术对诗的精神产生的致命打击"，并引述了一位专家的论述：

> 影视艺术的魅力在于它能将任何想象性内容变成现实的图像，但同时将那些不能变成现实图像的想象粗暴地遗弃，从而使思想变得简单。
>
> 它具有一种特殊的强制性，让接受者没有自我创造和自我独立的想象，如果我们只重视动画艺术，很可能全世界儿童的想象力将来都是一样的。这是一个十分可怕的现象……我们或许可以通过保存诗教的方式来保护儿童的自由想象力。

"保护儿童的自由想象力",这就说到了要害,强调文本阅读的根本意义也在这里。

需要补充与提醒的是,我们这里着重谈到了新媒体对传统阅读教育的冲击,以及我们必须有的坚守。但更不可忽视的是,金波先生也谈到的"科技进步带来的新的创造的可能性"。这次疫情也说明,新科技给我们的传统教育(包括阅读教育)开辟了新的天地。"新科技时代的阅读教育",这可能也是未来我们必须面对的新的实践和研究的课题。

再回到阅读教育的话题上来。我经常谈到,读书(文本阅读)的最大特点和好处,就是"不受时间、空间的限制,可以和百年、千年之遥,万里之外,任何一个写书人进行精神对话与交流","而且可以'招之即来',打开书就是朋友;'挥之即去',放下书,就彼此分手。何等自由,爽快!"这就是说,"读书是这样一种精神活动:一书在手,就可以打破时空界限,自由穿梭于古今中外,漫游于人类所创造、拥有的一切文化空间"。而儿童阅读的最大意义也就在于极大地开拓儿童的精神世界、空间维度,从而构造一种丰富多彩的"立体生活"。这对生活空间相对狭窄、单调的孩子来说,是尤为重要和珍贵的。这也是课外阅读的重要价值。如果我们把孩子的阅读范围限制在教科书和教参的阅读,那就无异于封闭了孩子的精神空间,窒息孩子的生命。

我说过，人的童年就是两件事：自由自在地"玩"和"读书"。许多父母却忽视了这两件事。

在书本阅读中，我们还要强调"经典阅读"，让孩子自由地与创造民族和人类精神财富的大师、巨人对话，交流，"站在巨人肩膀上，就可以达到前所未有的精神境界，极大地提高精神生活的质量"。我这样描述我自己，我们这些成年人，作者、老师和家长的历史使命和最大幸福："牵着中小学生的手，把他们引导到这些大师、巨人的身边，互作介绍之后，就悄悄地离开，让他们——这些代表着辉煌过去的老人和将创造未来的孩子在一起心贴心地谈话。我们只身躲在一旁，静静地欣赏，时时发出会心的微笑……就为这个瞬间，无论付出什么代价，都是无怨无悔的啊！"

当然，也不能只是浪漫地想象，还要实实在在地做事。这就是金波先生所说的，除了培养阅读兴趣以外，还要"开拓阅读眼界，学会鉴别"，更要"养成良好的阅读习惯"。这也就是我说的，打好"五大基础"：培养读书学习的兴趣；授予学习各学科的基础知识；培训语言、思维的基本能力；教给读书的方法；养成读书学习的习惯。这就真正把孩子"引入文化之门"，打下"终身读书学习的底子"。再加上"打好精神的底子"和"健康身体的底子"。有了这三个底子，"就意味着，孩子有了一个保证他终身身心健全发展的坚实可靠的基地，一个立人之本"。孩子有了"精神的家园"，我们这些成年人——作者、编者、老师和家长，也就可以放心了。

从一个老年人的角度，重新理解儿童文学

回到开头的话题：我与金波先生，在养老院里相遇相知。人到老年，我们还可以有这样一次关于"儿童文学新启蒙"的合作，在封闭中的养老院进行这样一次对话，我想这不是偶然。

为什么要这样做？为什么能够这样做？

如金波先生所说，"我（我们）的心灵还活着一个童年的自己"，所谓"童心"不老，不死。更是因为我们漫长的人生旅程，走到最后一段，有要回归童年，特别是回归儿童精神生活的需要。人到老年，就要回归大自然，回归大地。这就是"入土为安"，"死去何所道，托体同山阿"。人到了老年，就要回归童年，这就是"返老还童"。而且这两者是一件事，就是金波先生说的，"在大自然中与孩子相遇，学会和孩子在大自然中交往"，"在大自然中，人与人之间变得单纯、纯真、真实"。这就意味着，人到老年，既要保留老年人的思考和智慧，又要回复儿童的纯真、情趣，这才是"人生的完美结

合"。这就是金波先生和我最后生命的选择，人生理想境地。即使不能完全达到，也要心向往之。

2020年10月陆续写出，11月6日定稿

养老生活与农耕生活的适度融合

自从提出追求"人与自然的和谐"这一养老人生的基本理念以后,我一直在思考,如何将这一养老理念落实为具体可行的实践,建立一种新的养老生活模式?

前不久,我的一位长期从事乡村建设实践与理论研究工作的年轻朋友潘家恩,写了一部总结性的著作《回嵌乡土:现代化进程中的中国乡村建设》,希望我写一篇序言。我也一直关心乡村建设,特别是乡村文化与教育的发展,曾提出"认识脚下的土地"等命题,于是欣然同意。阅读中,我注意到当下中国乡村建设有一种新的尝试,即由单纯的乡村建设发展为城乡融合建设。其中一个重要方面,就是提倡"在地农业",在城市按照"低碳、生态、有机"的原则,开辟"市民农园",让城市的消费者,也适度参与有机农产品的生产。潘家恩和他的朋友(其中也有我当年参加青年志愿者运动相识的朋友)就在北京郊区开辟了一个"小毛驴市民农园",也有一些退休老人参加。其中一位谈到,他每个星期天驱车大老远赶到郊区农场干农活,"不在乎收多少蔬菜,主要是一种心情",不仅获得食品安全感,而且在人与人的共同劳作互动中摆脱生命的孤独感,更进入一种"直接与土地、自然和真实相连接的生活状态",从而收获丰富而无言的快乐和幸福。这是一种"生产者与消费者、城市与乡村、人与自然、消费与生产、劳动与闲暇、农业与非农业、种地老手和新手"相互融合的全新的生产、生活形态和生命形态。作者指出,这也是中国传统:"无论市民的'男耕女织',或是读书人的'晴耕雨读''耕读传家',都表明农耕生产与生活、娱乐、审美、传承、社区精神不可分割"。这更是全球化时代一个新的发展潮流:西方和东方许多国家都在尝试建设"田园城市",日本的一位实践者就在倡导"半农半X"的新生活。这个问题也引起了中国政府的注意,作者介绍,2007年中央一号文件就特意指出,农业不仅具有食品保障功能,还具有"生态保护、观光休闲、文化传承等功能",也即具有生态、文化、社会等多重面向。这样的"多功能农业"大概代表了全球化时代世界经济发展乃至社会发展的新趋向。事实上，在这次疫情中，人们不但强烈感受和认识到"重建人与自然的和谐关系"的迫切性与重要性；在重新思考人的生活方式的选择时，许多人都已经意识到"城乡生活的融合与协调"可能是一种颇有吸引力的选择。

我读到这些论述时，心里为之一动：这不也是为我们的养老生活提供了一种新的可能性与路径？我们是不是也可以尝试在养老院的"生活、娱乐、审美、传承、社区精神"中，融入农耕生活，形成"半农半养"的新的生活模式，进入一种"直接与土地、自然和真实相连接的生活状态"？这也正是我当年提出"认识脚下的土地"这一命题的一个新的发展：人到老年，就应该"回归大地"。

记得我曾经说过，我在养老院里，每天笔耕不止，就像老农每天在田间地头转来转去一样。这当然只是一个比喻；如果进一步变成实践，我也真的能在田间地头适当地转转，那不更加美好？其实，我这样的读书人，年轻时读陶渊明的田园诗，何尝不向往田园生活？只是长期困居在大中城市里，只能做做白日梦。但我们这一代人中有许多是来自农村的，我从小就在田间地头奔跑、游戏，享尽田园生活的乐趣。只是后来进了城，远离农村，日子久了，连幼年田园生活熏陶下养成的一些生命意识、审美习惯、生活方式也都逐渐淡化，甚至消失。不客气地说,这都是一种生命、人性的异化。现在,我们老了,没有任何负担,不正应该"返老还童""复归本性"?"还农耕生活,还童年生活",这至少是一种可供选择的生活方式。

按照我的理想主义、浪漫主义的思维习惯,我更突发异想:这也许能为实现我们的"创造具有中国特色、时代特色的养老事业"的理想与追求,提供新的思路与想象空间。在我的理解与想象里,未来的长寿时代,也是一个城乡融合、城市田园化的时代。我们现在就应该为此做准备,把我们的养老院打造成一个"田园式的养老院":在新的养老院建设中,应开辟专门的"农园",在现有与今后的养老居所里,也可以利用有限空间见缝插针种养各种花卉,甚至庄稼,形成一个田园式的家居环境。同时要创造一种"田园气氛",比如播放田园音乐、影片,举办各种专题讲座,开展阅读、讨论田园诗歌的读书活动,等等。相信生活在这样绿色健康的环境里,我们不但能实现与大自然的和谐,而且也将获得人与人之间的和谐,更能感受到内心的和谐与宁静。

这不仅是想象,也有现实的依据。据我所知,我们燕园就有一个"农艺康小组"。他们有一块农作地,已经耕耘了好几年,真不愧为养老院农耕生活的先驱。而且听说在社区第三期工程里,也有设置"农园"的设计。事实上,这些年我们社区已经举办了不少有关田园生活的讲座。我们完全有条件在现有基础上，再往前跨一步：一方面，进行思想、理论的提升，由自发的努力发展为更加自觉的实践；另一方面，在管理、经营层面进行全面规划，总体安排，有计划、有目的地运作，同时发动更多的居民志愿者参与其中。相信如此持续几年，就会初见成效。我对此满怀期待，也不乏信心。

最后，还要强调一下本文标题"养老生活与农耕生活的适度融合"中的"适度"二字。我们毕竟是老人，体力与精力都很有限，过分用力就会造成身体的伤害，因此必须安排一定的中青年职工作为农耕的主力，照顾参与农耕的老人。一些完全失去劳动能力的老人则不必勉强亲自劳作，但可以不时到田边地头转转。旁观、欣赏也是一种参与。更重要的是，不可夸大田园生活的意义和价值，它只是我们晚年养老人生的一种富有诗意的选择，老人完全有权利，也必然会有人做别样的选择。这也是我们一再强调的，养老人生必须也必然是多元化、个性化的。

2020年10月6日

关于养老人生的修养问题

养老院里人与人之间如何相处

在燕园北大校友会座谈会上,我曾谈到,在养老院会遇到许多没有想到的新问题,其中一个,就是养老院生活比我们想象的要复杂得多。于是,就有了"人与人之间如何相处"的问题,今天就想就这个问题谈谈我的一些思考。

其实,许多老人都在关注这个问题,而且有了极具启发性的思考。这里想向朋友们推荐我在《泰康之家通讯》(以下称《通讯》)上读到的粤园居民何添老先生写的三篇文章:《"优雅"是养老的至高境界》(载于2021年1月22日《通讯》),《深探老年群体人际交往的"五忌"与"四要"》(载于2021年3月8日《通讯》),《用心沟通,广纳群言——掌握好

"倾听"这把"金钥匙"》(载于2020年11月22日《通讯》)。

我还在《北京青年报》上读到一篇北大哲学教授何怀宏先生的文章。他也提出了一个"德性培养"的问题，强调"诚信、同情、勇敢、公正、容忍、自律"的"德性"，并且认为这"本身也是人生目标"。我理解，何添老先生的"优雅"与何怀宏教授的"德性"，谈的都是一个人的修养问题，人生境界的问题，这对于养老人生是特别重要的。

有了这样的修养与境界，人际关系也就自然好处。何添老先生提出了老年群体人际交往的"五忌"与"四要"：

> 一忌交浅言深，二忌争强好胜，三忌自我炫耀，四忌妄议他人，五忌用餐不雅；一要珍惜缘分，二要营造亲善氛围，三要加强自我修养，四要积极支持社区管理工作，出现摩擦和心结时要诚心诚意接受服务团队的疏导帮助，保持人际交往畅通无阻。

何添老先生还提出一个处理好人际关系的"秘诀"："掌握好'倾听'这把'金钥匙'"。这都极有启发性。其实，我想说的意思也都在其中了。

要多说几句的是，我在思考养老人生时一开始就提出的一个问题：要从总结我们七十岁、八十岁、九十岁"这一代"人生经历中的历史教训做起。这一代年轻时候都亲历了各式各样的"运动"，留下了无数不堪回首的痛苦记忆。所以，当我们发现，在养老院里，还有人（包括和我们一样经历过那段"斗来斗去"历史的某些同代人）在那里继续没完没了地"斗来斗去"，仿佛当年还没有斗够，真的惊呆了。这样的"历史重演"，实在令人难以接受。

在这次疫情造成的全球灾难里，当人们处在我所说的"无真相，无共识，不确定"的困境中时，又开始了"内斗"；而且"斗"得最起劲的，是并没有经历过我们当年那些"运动"的中青年朋友。这就逼得我们重新面对那段以新的形态延续着的"斗来斗去"的历史，于是也就有了新的反思。我不无痛心地发现，尽管改革开放确实放弃了"以阶级斗争为纲"的治国路线，走上了"以经济建设为中心"的新的发展道路，有了今天经济高速发展的新局面，但我们事实上没有走出"内斗不断"的时代。

造成这些斗争最主要的原因就是"二元对立"的思维方式，非黑即白、不是对就是错，不是"政治正确"就是"政治反动"（相当于当年的"不是革命，就是反革命"）。而且把自己的思想、认识绝对化、真理化与道德化，使其成为判断标准，完全不看事实，观点、立场先导，凡异己者都是斗争、打击对象；而且是"你死我活"，非置之于死地而后快，为达到目的而不择手段，似乎又回到了崇尚暴力、专政的时代。记得我在北大上学时，就相信"我不同意你的观点，但要以生命保卫你说话的权利"这一现代民主的基本原则，并因此而同情右派，反右时就被划为"中右分子"受到严罚。到20世纪80年代改革开放，这一民主基本原则才重新得到肯定，我当时大有思想解放之感；但没有想到时至今日，这一原则又遭到忽略与否定。

这就是我们必须面对的现实：这样的"二元对立"的思维与逻辑正在世界蔓延——我从美国选举中的"挺川派"与"反川派"的冲突中，就看到了这种极端化的思维与行动。

我们这代人早已退出历史舞台，对这样全局性的大事已经管不了了——能管的只有我们自己。在我看来，要真正走出已经影响了我们大半辈子的"斗来斗去"的时代阴影，至少不要"卷土重来"，我们现在急需做，也能够做的，就是对已经渗透到我们灵魂深处的"二元对立，一个吃掉一个"的思维逻辑进行认真清理，彻底反思。这应该成为我们这里讨论的"老年修养"问题的一大课题。其中的关键，就是要有自我怀疑、自我反省的精神。老年人难免都有些固执，但必须有所节制，绝对不能把自己的思想真理化、道德化，从而走向绝对化、极端化，更不能把自己的看法强加于人，试图控制他人——这应该作为我们老年人生之一大忌。

我们必须承认，而且正视：我们的思想和行为是有可能犯错的。这一辈子错得还少吗？即使我们的看法是正确或基本正确的，如果过分强调，也会遮蔽实际生活里更加复杂的方面。也就是说，我们的思想即使有价值，也只是我经常说的"有缺憾的价值"。真实的而非想象中的现实，绝不是非黑即白，非对即错；人们的认识，总是在两种看似对立的看法之间，在肯定与否定的来回反思之间盘旋深入的，同时又留下无尽的疑问，不确定因素为思想的进一步开拓留下时间与空间。在这个意义上，在人类认识世界的历史长河中，任何一个阶段的认识，哪怕是有根有据、具有相当的正确性，也只有相对的价值。

我因此有一个说法，许多朋友都很感兴趣，就是我们要"理直气不壮"：当我们没有认识到自己的想法有错，当然要坚持，要有"理直"的自信；但绝不能"气壮如牛"，把话说绝，要给自己留有反思、迂回的余地。我还想强调的是，要避免思想的绝对化及极端化，必须从根本上改变我们的思维方式。我注意到，有哲学家在讨论疫情中面对空前复杂化与尖锐化的危机，人们的意见分歧导致的不同人群的分裂与对抗时，提出了两个原则，一是"求同存异"，二是"各方以自我反省为主，而不是指责他方为主"，关键是"人类提升自己的自控和协作能力"（何怀宏《面对灾疫的人类命运共识》，载于《探索与争鸣》，2020年第4期）。另外有人还提出：面对复杂世界、复杂格局，"尤其需要一种合理、自觉、具有人文底蕴的弹性思维、弹性智慧"，"最根本的是弹性文明"，让人处于一种"非极端、有张力、有余地、有可能的生命状态"（陈忠《弹性：风险社会的行为哲学应对》，载于《探索与争鸣》，2020年第4期）。在我看来，这也应该是我们养老人生所追求的生命状态，构建"弹性思维"也是老年修养的重要目标。

在思维方式之外，还有一个或许是更深层次的"人性"问题：这也是我们讨论养老人生的修养问题的重要课题。何怀宏教授提出，"世上没有绝对的好人坏人"，"人的本性中本来就既有善端，也有恶端，人性并不是一块'无善无恶'的'白板'"。"一个好的社会就是一个社会制度与氛围能够引导人向善而非向恶的社会，一个好的个人也就是能够引出别人同样好的情感与行为，而遏制别人坏的情感与行为的个人"。"我们对人性要有基本的信任和警惕，不高估也不低估"，"但是准确地估计和平衡有时并不容易，这样我们或许可以说，在一般个人尤其是自我方面，我们对自己与邻人向善的可能性与其估计过低，不如估计偏高"（《躺平的时候不妨读读哲学》，载于2021年6月1日《北京青年报》）。这些论述都引起我的强烈共鸣。

我在好多场合也不断强调,"一个好的社会,一个好的群体,都是扬善抑恶的。人们身处其中,自觉不自觉地,或者说自然而然地就显示自我人性中好的方面,压抑恶的方面,以善相处","如果反过来,人们都以恶相待,变成扬恶抑善,这个社会,这个群体,就出了问题"。我同时指出,"这里也有个个人修养的问题:对自己和他人的善与恶心里都要有数,但又以善相处。一方面,最大限度地发挥自己的善意对人;另一面,又最大限度地看到对方善的方面,由此而建立起最大限度的信任感"(《课后感言——2009年11月26日在台湾交通大学的最后一堂课》,收于《幸存者言》)。这里,提出了人与人相处时的两大原则:一是对自己和他人的善与恶心里要有数,绝不能糊涂。这样,两人感情好的时候就不至于把对方理想化、美化;出现不同意见,发生矛盾和冲突时,也不至于将对方看得一无是处,就能够掌握好分寸,一切都有节制。二是要"以善相处",最大限度地发挥自己与他人内心的善意,建立人与人关系中的基本信任感。我也因此主张,人与人之间是应该有距离的;人们通常说,"距离产生美",这是有道理的。我们年轻时候老是追求亲密无间的友谊与爱情,这其实是一种幼稚,越是亲密无间就越难以持续,不留余地,一旦发生矛盾就没有调节、缓解的空间。在我看来,养老院的一大优势,就是人与人之间容易产生距离美。我们之间原不相识，至今也不太了解对方的经历；这样，就没有了在原单位里人事关系中难免的历史纠缠，更没有任何利益的冲突，这就最容易以善相处，人与人的关系也会变得相对单纯。而这样的人性和人际关系的单纯，正是养老人生应该追求的生命境界，这就是所谓"返老还童"。

最后，我们可以对今天讨论的问题，做两点总结：其一，养老院里处理人与人的关系的基本原则和目标，就是要营造一个扬善抑恶的环境和氛围；其二，我们这一代人养老人生修养的一个重要方面，就是要总结历史教训，对我们在无休止的斗争年代形成的思维方式和人性上的弱点，进行反思，做一定的纠正与调整。

以上所思所想，都有待讨论，欢迎提出不同意见。

2021年6月4日—6日

关于宗教文化、精神的当下意义的一些思考

| 《从未名湖到生命泉：百名北大学子的信仰之旅（三）》读后有感

去年感恩节，我收到了来自美国的一位北大老学生的信，他附上了这部《从未名湖到生命泉：百名北大学子的信仰之旅（三）》的书稿。信中深情写道：

> 我们这一百多名同学现在虽散居在世界各个国家，但是未名湖是凝聚我们的共同记忆，是我们天路历程的起点。老师们是我们成长的引路人。我们始终记得北大百周年校庆的纪念册《精神的魅力》引用的《沙恭达罗》中的这句诗："你无论走得多么远，都走不出我的心，正如黄昏时候的树影拖得再长，也离不开树根。"……感恩

老师当年的教导,感恩今天老师再次审阅我们百名学生在离校后几十年的心路历程。我们翘首以待。

寥寥数语,立刻打动了我的心。不仅是因为这么多不同年代、不同系别的学生还记着我,而且是因为我们依然心心相印,这在这个大动荡、大分裂的时代是多么不容易!我为之写点什么,是义不容辞的。不过,在仔细拜读了书稿、真要动笔时,我却有些犹豫,以至拖了许久,没有如期交稿。原因大概就在我虽然有强烈而自觉的宗教情结,却始终不愿皈依于某个具体的宗教。这背后有复杂的时代、思想、文化的背景,也有我个人思想、性格的因素,一时也说不清楚,不说也罢。我和这些北大学子们,既有精神与文化底蕴上的根本相通,但也确有相隔的一面;更重要的是,因为我不信教,就没有在宗教教义的理解上下过任何功夫,不懂就没有发言权。

思之再三,还是就我们共同关注的宗教文化、精神问题,做一点讨论。尽管我对宗教文化、精神的理解也是极其肤浅的。我也有一个内在冲动,从在北大任教,到如今到养老院休养,我始终如一地关注与思考"中国向何处去,世界向何处去,自己向何处去"这样的大问题,有着几十年如一日的现实关怀;而我在观察当下的中国、世界与我自己的命运时,都强烈地感觉到宗教文化与精神的重要性。就在去年年末，我还在养老院的圣诞节晚会上做了一个发言，引发大家强烈共鸣。不过因为那是公开演讲，我并没有把话说完。特别是读了这本书里的文章后，我更想做两点补充和发挥。

我注意到，好些同学在说起自己的信仰之路时，都谈到了人性被改造。今天许多人成了"没有理想、信仰的经济人"，其基本生存法则就是"趋利避害"，结果就培养出了我一再提到的"精致的利己主义者"，更多的是"粗俗的利己主义者"。这正提醒我们，我们今天面临的就是价值、理想、信仰的重建。我注意到，这本书的许多作者都是在大动荡之后，逐渐走向信仰之路的，他们的经验就很有借鉴意义。当然，我并不认为，皈依宗教是建立信仰的唯一道路，我就是通过自己的路而一直坚持我的信仰的。但不管通过什么途径，始终不渝地追求信仰，追问"我从哪里来，我到哪里去"，寻找"回家之路"，则是我们北大人共同的特质。

我还注意到，这本书的一个重点是"疫情手札"。单就是《新冠病毒下，我的灵修之旅》《病情中的挣扎与祈祷》《黑夜究竟有多长：新冠疫情下的交集与思考》这些题目，就让我怦然心动。坦白地说，我（或许也包括许多中国与世界的知识分子及普通人）对"疫情后的中国与世界"充满了焦虑与困惑。正像书中的一位作者所说，在我们成了孤独、失落的人时，就"渴望能够抓住永恒的东西"。可以说，在动荡不安中，追寻"生命的永恒"，就成了我这两年养老人生的最大课题。我找到了人的"日常生活"，找到了"大自然"，找到了"历史"，特别是"土地里长出的地方史"；也就是在这样的思想背景下，宗教文化、宗教精神又唤起了我的关注与思考，我也还在继续寻路。应该说，这样的"路漫漫其修远兮，吾将上下而求索"，永远处在追求"永恒"的寻路过程中，也是我们北大人的基本精神。

让我们这几代北大人，就在养育扬善抑恶的人性之美、建构信仰、追求永恒这三大共识基础上，相互理解，支持，在严寒中抱团取暖吧。

2022年1月

今天的中国与世界需要什么样的"新的叙事"

| 在燕园"冰山"沙龙"不确定性"问题讨论会上的发言

今天向大家汇报的是我读《极端不确定性：如何为未知的未来做出明智决策》一书的感想。书没有读完，也没有完全想清楚，只是一些零星的感想。

我注意到这本书是因为它关系到"2008年全球金融危机以来西方宏观经济学界的反思与争论"。在我看来，反思与争论并不限于宏观经济学，还涉及政治史、思想史、文化史、心理史视角的反省，也包括了对家庭、个人生命存在的思考，甚至包括了对老年"退休规则"的制定，因而对我有一种全面的触动。

为什么会提出"不确定性"?

许多朋友都谈到我较早提出了"不确定性"的问题。这大概也是2008年世界金融危机所引发。那年同时发生了"5·12"汶川地震,还有拉萨"3·14"事件。我敏感觉得"这是继20世纪30年代大危机、大萧条之后最严重的一次",由此而判定,中国与世界进入了一个自然灾害不断、骚乱不断、冲突不断、突发事件不断的多灾多难的时代。

到2011年,我提出"全世界都病了",全世界的政治经济制度、发展道路、文明形态,似乎都出现了问题。

同时,我也提出了两个问题:一个是现有的理论都失去了或部分失去了解释力,需要进行批判性的反思与审视。同时我认为这也提供了创新思维、新理论的大好时机。

到了2020—2022年,疫情暴发,而且大家突然被封闭在家里。我开始对疫情暴露的现行体制发展模式进行全面的思考。大家熟知的那句话,是我在2021年所写的年度观察报告里提出的:中国与世界都处于"无真相,无共识,不确定"的状态。

在这本书里,上海财经大学的校长刘元春先生也做出了一个重要判断。他说从2008年的金融危机到2022年的疫情和战争,这15年间,中国与世界都面临着一个断裂性的变化在各个领域全面爆发的时代，这是其他时代所没有过的。这些断裂性的变化，包括"国际政治全面重构，社会结构的巨大冲突、经济形势的深刻变化、新科技带来的巨大冲击"等；而且更加内在的是，已经渗透到我们生命当中的理想信念，我们所信奉的、把控了我们精神世界的理论以及思维方式，都受到了前所未有的巨大冲击。

我们所面临的精神与生存困境

我们突然发现，自己生活的世界充满了极端的不确定性，我们对现状的认识并不全面，对未来的理解更加有限，并且没有任何个体和群体能够掌握所有的信息并做出最佳的解释。我们能掌握的可能性是非常有限的，我们处于"未知的未知之中"。

之所以说我们面临新问题，是因为我们这一代在这之前不是这样的，我们对中国和世界的认知以及我们的选择都是极端确定的。人们常常说，我们这一代是有理想、有信仰，并且有为真理献身精神的一代。

事实也似乎如此。我总结自己一生经历了三个历史时期，都有大家追求的、确定的时代中心词。第一个阶段是新中国成立以后的社会主义革命和建设时期，这个时期有一个中心词，"社会主义还是资本主义"。第二个阶段是改革开放时期，这个时期的一个中心词叫"改革开放"。第三个阶段是全球化时代，也有个中心词叫"全球化"。到2001年中国加入世贸组织，就进入了"全球化时代"。可以说，"社会主义—改革开放—全球化"这样的发展方向，思想、认识、行为都是"确定不移"的。我们虽然遇到许多矛盾，有时候陷入困境、挣扎，但总体来说我们是心安的，或者是心中有数的。但是这一切到今天都发生了断裂性的变化。什么关键词都成了质疑、争论的对象，至少没有那么清晰、确定、不可动摇了。

于是，我们就要另辟蹊径，开始新思考，打开新视角。第一，要认真观察思考现实提出的新问题；第二，要反思我们原有的认识，原有的信仰，要调整我们原有的思维方式；第三，要创造对发生历史巨变的中国与世界，具有解释力与批判力的理论。这就是此书作者所说，"全球金融危机前的叙事正在瓦解"，"我们需要一种新的叙事"。我们也可以说，全球疫情前的叙事已经瓦解，今天中国和世界需要新的叙事。这也是我自己在2020—2022年这三年所做的工作。我先后观察、思考、讨论的各种新的问题，对原有的认识进行反思，但是因为时间关系这儿就不多谈了，需要讨论的是第三个问题。

另辟蹊径时的新视角、新思维

第一，首先要确定，"在一个不确定的世界中，我们能掌握的可能性是有限的。我们不可能对所有不太可能发生的事都有所准备"。正如托尔斯泰所言："我们所能知道的是我们一无所知，这是人类智慧的总和。"承认自己知之甚少，这是最高层次的智慧；声称自己掌握了事物发展规律是愚蠢的。唯其清醒地认识自己认知的有限性，反而能够更加激发自己的想象力与创造力，面对未知的未知，我们也才能够居安思危。此书作者说：如果一切都未卜先知，这样的世界就会变得平庸无奇。而清醒地认识到自己认知的有限性，也就有了清醒的人生选择。这就是此书作者反复强调的：真正的独立个体不追求最优选择，"生存不需要最好的解决方案，只需要足够好的解决方案"。"脱离模型的完备假设，寻找限制条件下相对可行的方案"，"不追求所谓最优化，而是采用渐进式决策"，我觉得这很有启发。

第二，不受永恒不变的科学定律的主导，要有永远的质疑精神。我们这一代，当年之所以把今天看来大可反思的概念思想，予以更多的永恒的确定性，从思维方式上来检讨，就是因为我们实际上是在期待追求永恒不变的认知，承认有所谓"先验公理"。事实上，一切认识、一切理论，即使反映了某些客观规律，也都是有限的、相对的。此书作者强调，我们对理论的适用范围，也要保持谨慎态度。对一切理论和行为，都有一种质疑的精神和态度，这就是哈耶克所说的，"我更喜欢真实但不完美的知识"。我要质疑"貌似精细，但很可能有很多的错误知识"。在某种程度上，"质疑精神"就是我们倡导和强调的科学态度、科学精神的核心。

如果再进一步追问，就可以发现人们之所以喜欢确定性而厌恶不确定性，就是因为所谓"确定性"是他人已有创造，是群体共同选择，自己接受下来，"随大流"就是。这就规避了人作为个体的独立选择和独立思考。我们自认为"有确定性"的"正确"答案，实际上是别人，特别是体制灌输给我们的"正确"答案。这样的盲从是很可怕的。人不仅在接受某个理论时很难"注意到它的有限性"，也看不到在理论范围之外的"显而易见的事物"，导致"先天的愚蠢"！

第三，要永远记住"人类是群居动物"，面对不确定的大世界，人除了要充分发挥个体的质疑批判作用，还要倾听更多的声音。在形形色色各不相同的人群、相互对立的观念中寻求真理。因此必须提倡群体相处时的"利他主义"与"惩恶扬善"的精神，应对极端不确定性的能力。"社群越大、越多样化，个人和家庭就越不易受到意外事件的冲击"。

我应对不确定时代的三个原则

最后，我还想要说说书中的一个论断"历史证明，等待是正确的"。这使我想起了我在2021年初给自己定下的应对不确定时代的三个原则。

第一，要"观察"。理性地对待自己在有限的信息基础上做出的判断和分析，采取"有待观察、有待检验"的谨慎态度，对自己做出的判断要有一个谨慎态度，承认自己的局限，不使其绝对化，用观察中得到的信息不断地来修正、调节自己。

第二，要"等待"。越是乱世，越要沉着，有耐心，有韧性。

第三，要"坚守"。至少要做到坚守自己的基本信念、理想。对我来说就是民主、自由、平等、人道。我更期待全面、客观、科学地审视社会主义与资本主义的得失利弊，从中吸取人类文明的历史经验教训，达到一种综合、协调和平衡。我觉得越是到乱世，越要强调综合、协调和平衡，在竞争当中建立一个多元化的、更具包容兼容的世界知识体系。

今年我在和青年朋友交谈当中，又加了一句"要做事"，就是要行动。无论中国和世界的现实及未来如何不确定，都要在可能范围内积极做事。我自己现在就在"为自己和未来写作",没日没夜地写:这是关在养老院里,我唯一能做也最适合我的事。当然,做自己既能做又可做的事情,每个人都不一样,需要各自做出选择。

这里我在强调观察、等待,同时强调坚守、做事,也表达了我的一个忧虑:越是在不确定时代,越要警惕可能发生的两种倾向。一个是虚无主义,既然不确定就一切都没意思、无意义了。再一个就是逃避主义,也就是现在很多人说的"躺平",什么事都不做了。

关于不确定时代的选择,我刚才说的都是对世界的、中国的大事的思考。其实还有更重要的,就是今天大家谈到的,我们每个人如何生存的选择,也包括养老的选择。

****

10月22日讨论会我发言结束时,谈到"不确定时代"我们每个人如何生存的选择。但也只是提出了一个问题,没有展开。今天,我就"接着往下说"。

首先注意到的是,从10月到现在(12月),连续发生的更大变动,所谓"极端不确定"变得"更加不确定",让我们目瞪口呆,真的要认真思考与对待自己"如何生存"的问题了。

正是在这样的背景下，我将上次没有读完的《极端不确定性：如何为未知的未来做出明智决策》继续读下去。主要读了最后两章"适应极端不确定性"与"拥抱不确定性"，读到了如下论述：

> 世界本质是不确定的。伪装出平稳的假象是在制造风险，无法降低风险。
>
> 不确定性才能成为新经验的前景，成为快乐而不是绝望的源泉。没有不确定性就不可能有进化。
>
> 动荡年代的艺术创作生机勃勃，是机遇而不是威胁。文艺复兴时期意大利特有的政治动荡确实与一个伟大非凡的创世时代相吻合。
>
> 正是极端的不确定性为创业提供了机遇。在进化的过程中，包括生物进化、制度演进、政治变革、市场驱动变革，开创者精神推动着我们前进。
>
> 平静无波非常无趣。飘忽不定才真正诱人，雾里看花花更美。
>
> 在艺术领域，不确定性和创造性形影不离，拥抱不确定性吧，同时规避风险。

我读了以后，眼睛为之一亮。

世界本质是不确定的。更准确地说,人类、社会、历史,以及相应的政治、经济、文化、科技、文学、艺术、学术,世界、国家与民族……都是处于永恒的发展、不确定的变动之中;但动中也有静,在不确定中也有确定的因素。于是,在历史进程中,也就有了"动荡"与"相对稳定"的时代。人类,世界,国家,民族与个人,都是在"不确定—相对确定—不确定"这样的循环往复中一路走来的。于是,就有了此书提出的"在确定性下消费者选择的公理"和"在不确定性下人类行为的公理"。

我也因此恍然大悟:我这一生就经历过两次关键性的选择。第一次是21岁的我,从中国人民大学新闻系毕业,却因为家庭出身和反右运动中的中右身份,被发配到贵州安顺山城一所卫生学校教语文——我一下子就处于命运与未来的极端不确定性中,几乎是绝境。我急中生智:选择了后来我自己概括的"狡兔两窟"的决策,居然和此书作者论述的"在不确定性下人类行为的公理"相符合。一方面,要"找到合适的落脚点,从极端不确定性和未知的未来中获益"。我分析说,自己尽管被剥夺了另寻出路的权利,但毕竟还有一个教师的位置,就可以将"做一个受学生欢迎的教师"作为自己现实的目标,获得生存的空间和价值,并规避了"风险",获得了"安全"。这都是在不确定时代得以生存的前提与必备条件。

与此同时，还得为"自如应对后续发展"，"保留尽可能多的选择"做准备。我也当机立断地选择，"要继续学习与研究鲁迅"，以便在未来历史发生新的变动之际，获得新的发展空间——我当时心中就有一个"回到北大讲堂讲鲁迅"的梦想。但这样的时机不知何时到来，我只有耐心"等待"，这就需要此书作者所说的"韧性"。

这一等足足等了18年。1978年39岁的我，成了"文革"后第一批北大中文系的研究生。我能坚守下来的一个重要原因，也是本书论述中强调的，还要"利用集体智慧"。从1974年开始，我的周围聚集了一批知青与打工者，形成"民间思想村落"，为"文革"结束后的学习与改革实践奠定了思想与知识、理论基础。今天，回过头来总结，"狡兔两窟"、"韧性"与"集体智慧"，确实具有可供借鉴的某种"在不确定性下人类行为的公理"的意义与价值。

有意思的是，到了20世纪90年代中期，我终于实现了"在北大讲鲁迅"的梦想，获得了教授、博士生导师的身份，有了"确定"的地位与身份，并掌握了一定的学术权力和影响力。我完全可以按照"在确定性下消费者选择的公理"，理直气壮地从既定的学术秩序中获取并享受既得利益。但我在"不确定"的时代和历史条件下形成的"不确定的思维方式和行为方式"还在深刻地影响甚至支配着我。于是，在1997年，我又像当年鲁迅那样，宣布要挑战具有确定性的既定秩序，"站在沙漠上，看看飞沙走石，乐则大笑，悲则大叫，愤则大骂，即使被沙砾打得遍身粗糙，头破血流"，并且立即走出北大课堂，参与中小学语文教育改革，推动青年志愿者上山下乡运动等社会实践。自然，这遭受了有组织、有领导的全国大批判——我放弃了"确定"的地位与身份，将自己置于"不确定，甚至是极端不确定"的社会环境、历史境遇之中。但我也因此如此书作者所论述的那样，主动拥抱不确定性，获得了新的创造性，新的创业机遇。

这一切，都成了历史。我现在面对的是，老了进了养老院，最需要确定、安宁的环境时，又遇到一个前所未有的极端不确定、大动荡的时代。我最初的应对是"在变动中求不变"，在大自然、日常生活、历史这三大永恒里，找到了养老生活的新目标、新动力，同时开始了"养老学研究"，让自己的生命进入沉思状态（参看本书《疫情中思考养老人生》一文）。这些我已经多次谈过，朋友们也都很熟悉，就不多说了。

现在要谈的是，到了2021年，特别是2022年，研究者所说的新冠疫情和复杂的国际形势造成的"断裂性变化"，已经渗透到我们生命之中，形成巨大冲击，我们不得不有新的应对和参与。这正是我最感困惑，也急待寻找、开拓的。

我的习惯是一遇困境，就去"找鲁迅"——研究鲁迅，本来就是我的"专业";面对现实困境,从自己的专业出发,去寻找出路,似乎也顺理成章。我从鲁迅那里,主要受到两点启示。

鲁迅带来的两点启示

1927年,鲁迅也面临一个国内历史的大变局。鲁迅认为,面对新的社会政治现实所构成的新的历史形态,自己原有的写作方式已经失效,迫切需要一种新的写作话语形态来应对扑面而来的现实。经过探索,他创建了"杂文"这种新的文学形态与思维形态。

今天,我们又面临一个"无真相,无共识,不确定"的历史大变局,也同样需要寻找与构建新的写作方式与思维方式。我在鲁迅式的杂文启示下,尝试作"现场观察与书写"。既然整个历史的大发展处于极端不确定的状态,无法全面揭示"大历史"的本相、真相,我就像鲁迅杂文那样,写"切己之小事",将我在现场(比如封控小区里)遇到的、看到的、感受到的事情,一一如实写下,或许多多少少能够揭示被遮蔽的某些真实。同时,也如实写下我的感受、思考与认识,但也不把它绝对化、真理化,以一种"自我质疑"的精神,理直气不壮地把它写下来。这样,即使"无共识",也可以彼此做平等的交流。

更重要的,这是在"不确定"时代一种生命形态的选择。就像鲁迅说的那样:"仰慕往古的,回往古去罢!想出世的,快出世罢!想上天的,快上天罢!灵魂要离开肉体的,赶快离开罢!现在的地上,应该是执着现在,执着地上的人们居住的。"和今天许多人都选择"躺平"不同,我想通过自己的写作,显示自己"执着现在,执着地上"的生命存在。这或许没有公开反抗那样悲壮,但也是一个让自己在这个一切"不确定"的时代多少踏实一点的选择。

其次,我还要像鲁迅那样,为未来写作。鲁迅早在1925年就提出,他要解读最大的"中国之谜",就是中国为什么始终走不出"做稳了奴隶"和"想做奴隶而不得"的"一治一乱"的历史"循环"。他因此发出召唤:创造中国历史上从未有过的"第三样时代"应该是青年一代的历史使命。现在,到了一百年后的2022年,我们又突然发现和面对这样的"历史循环"的重新出现,也同时提出了重新开创"第三样时代"的历史任务。在我看来,正是这两个方面构成了我们所不知所措的"2022年的极端不确定性"的现实和历史内涵。我们的困惑不安也就在如何解读"中国之谜",如何开创走出历史循环的"第三样时代"。我大概看不到这样的"第三样时代",但也要为这样的必然要到来的"未来"做准备。这也就是我在中国现实、历史达到不确定的顶端的2022年给自己提出"为未来写作"的原因所在。我可以做的事,一是"接着鲁迅往下想,往下做",继续探讨走不出历史循环的"中国之谜",下一步我准备做的就是"当代中国国民性研究"。二是总结和写下自己人生的历史经验与教训,为下一代、几代人开创"第三样时代"提供借鉴。做了这样的最后努力,我这一辈子,就值了,够了。

不过,我依然还要面对人生最大的不确定因素:你如何应对自己人生的最后结局,如何直面死亡?特别是只属于你,不同于他人,始终处于未知状态的个人死亡体验?我的思考与回答是:既要做最大的努力,接受和坚持"安宁疗护",又要有"听其自然"的安然、坦然。一句话:尽人事,而听天命。

我的讲话完了。

2022年10月22日,12月10日

老年的生命形态

晚年的我,有两个园子。一个是燕园的庭院,它优雅,安静,我每天都要绕着走几圈,或者在路边长椅上闭目养神。另一个是自己的书房。就如同老农仍喜欢在地头打转一样,整天在书房里耙来耙去,继续耕耘我的"一亩三分地":这是属于自己的精神的园子。(《钱理群的另一面》后记)

这样的我并不孤独:身体上虽减少了和外界的接触,却用自己的方式扩展我的精神世界。我不用手机,不上微信,是为了减少外界的干扰;但我每天看报纸,看电视新闻,还认真做笔记。更在朋友的帮助下，阅读与研究电脑上的媒体消息，也认真做笔记。这样，我虽待在养老院里，却通过对官方主流媒体与民间自媒体的对照性观察与研究，对人世间所发生的事情，有了自己的独立观照与思考，并写出我的"年度观察史"。

我这个人，本来就爱关心天下大事，但在工作岗位上受到时间、精力、身份、地位的限制，只能偶尔胡思乱想，胡说八道。现在退休了，有了充裕的时间和精力，更没有人管，就可以整天躺在沙发上，忧国、忧民、忧世界、忧人类、忧自然；忧过去、忧现在、忧未来。不仅忧虑，更充满好奇与想象。最后，就都转换为自我生命的新生。坦白地说，我的思想与学术研究，是到了老年期才真正进入高潮，达到前所未有的广度、高度和深度，空前的活跃，不断焕发出新的创造力。固然这也在一定程度上提升了我的身体素质，但却无法改变生理健康的下降趋势。进入80岁以后，我就逐渐陷入了"精神继续向顶峰攀登，身体却日见衰退"的矛盾、尴尬处境。

尽管我期待这样的境遇还能延长到自己的"88米寿"，给我的精神创造争取最后的时间与空间。但我心里当然明白，自己不可避免地要进入老年期的第二阶段：身体与精神的"失能"，而且很可能是身体失能在先。老年最大的恐怖就是"失明"。眼睛透露一切：眼睛最能反映身体的衰落过程，眼疾产生混杂着遗传与环境的因素，是"其他老年问题的前哨站"。老年期痴呆更是我们这几代老人的痼疾：其背后的政治运动与心理痛苦交织成一体。坦白地说，这样的失能是此刻的我最为担心的。失能就意味着自己已经不能独处、独居，更不可能掌控自己的命运，要受他人的支配，即使是出于爱的支配。我这样的独立知识分子是很难想象和接受的。我虽相信自己善于妥协的性格决定了我最终也还能适应这样的结局，但我仍然期待失能的时间越短越好。这些年我一有机会就表示，自己只希望"健康地活着"，却要拒绝"长寿"，就是出于这样的考虑。这不只是精神的拒绝，也有经济的考虑：在活力养老阶段，靠退休金就能应对日常生活的开支；但一旦失能，需要雇护工，就得靠储蓄，动血本，那是经受不起的。

我希望早日进入安宁疗护的最后阶段，那是另一个生命世界，我毫无畏惧，还充满好奇心。老人的独处、独居，是一种生命的"静养"。"静默是通往更深层次的精神世界的大门，也是独自走完人生旅程的必要组成部分"。

根据我的观察与体验，这样的"静默人生"在老年期的不同阶段，也有不同的特色。我在活力养老时，当自己一个人躺在沙发上沉浸于胡思乱想中时，思绪在静默中飞扬，飞扬，透畅极了。但一旦有朋友、学生造访，睁开眼，就胡说八道，有时候能滔滔不绝聊上几个小时，也舒畅极了。以后的失能阶段，我还没有经历，猜想那时的静默可能会趋于空虚化。临终的静默，我在可忻那里有过体察。人的静默，进入生命的"集体冥想"状态：既不能动，不能说话，也没有必要对话，临终者与守护者，只需要凝视彼此的眼睛就够了。

这就说到了"晚年的梦境"。这也是老年人生的一个重要心理、精神现象。梦境既是对一天一生的整理、总结，也是对自己人生过去与未来的新发现、新想象。就在疫情和疫情后的这两年，我养成了"睡回笼觉"的生活习惯：每天都在半睡半醒中突然冒出新念头、新想象，醒过来就赶紧在日记里留下"梦像字谜"。这里记下的，就是2022年下半年"83岁老翁的梦"。

  7月6日 凌晨为噩梦惊醒：天崩地裂。

  7月7日 又做噩梦，惊呼：活着没意思！

  8月3日 梦见我在起草改正错划"右派"的文件，一段段，一行行，历历在目。最后都被付之一炬。

  9月11日 梦中突然响起一个声音：你是谁？你的意义和价值何在？

  9月17日 梦中突发警句：做人，真好！

  9月28日 又做一个梦：我被追逐着，无路可走。惊醒后,突然跳出一句话:活着!写着!等着!

11月2日 凌晨的梦里,突然还原自我形象!出现了:那个喜欢摄影,沉浸在蓝天之蓝,做怪样子的钱理群;那个喜欢朗读、演戏的钱理群;那个喜欢跑步,100米冲刺达到12秒9的钱理群!

如果要与自己达成和解,平静地走向终点,就必须正视自己身上的所有污点,必须坦承自己的失败与人性弱点,必须全面了解自己,必须对自己负责,唯一能改变的,就是自己。

特别是2022年12月至2023年3月,我被封闭家中,足不出户,更是日夜沉浸在自我忏悔与赎罪之中。一个个、一桩桩不堪回首的往事,包括其中的细节,全部一一呈现,内心的痛苦达于极致。还要追问:这是为什么?对当下中国发生的一切,我有什么历史责任?这里包含了怎样的历史教训?最后总结为:这是制度之恶与人性之恶的结合。在想明白这一切之后,在感到刻骨铭心的痛苦的同时,也有了终于走出魔障、扬善抑恶的快感。

对"归属感"的渴望,也是老年人的天性。"我们到底要去哪里?总是家乡!"

我2023年的南京之旅、安顺之旅,都是还乡之行。在此之前的2011—2013年，我就在续写"家谱"，出版了《我的家庭回忆录》。2023年母亲项家辑录的《续修支谱》，也收入了我的《理群忆项浩》。在《我的家庭回忆录》一书的"前言"里，我特意谈到，"国共两党分裂的深刻性，直接影响了我们家庭每一个成员人生道路的选择"。"面对父兄辈的不同选择，我怀有同样的理解与尊重，同时也对他们各自都有的应该正视与总结的经验教训"。"最需要追问的是支配我们的选择背后的历史观、伦理观"，"这需要有正视的勇气，理论的彻底性，而绝不能遗忘与回避"。我晚年的反省，也就集中在这样的人生选择背后的历史观、伦理观上，这是严峻而痛苦的。同时，我更被家族的命运及手足之情所震撼：呜呼，生不团圆，死各一方，钱氏家族竟如此不幸！但我们仍感自豪与欣慰，因为我们始终相濡以沫，手足情深。大海重洋无以阻隔，生冥两界也不能将我们分离。生命有限而亲情永恒。面对过去、现在与未来，我们坦然无愧。逝者可以安息，生者将继续前行。

不可回避的，还有老人与时间的关系。

如果说在活力养老期，回望"过去"，展望"未来"，依然有巨大吸引力；那么，当生命越来越趋向失能，"过去"逐渐"记不清"，"未来"更是"望不可及"；于是，就只有紧紧抓住"现在"。吃、喝、玩、乐不再是延长生命的某种"项目",而是纯粹的"生命之悦",是一种"文化享受",是前面谈到的可忻自觉追求与创造的"休闲人生":老年生命的魅力正在于此。

最后要说的,是与老年人生魅力同时存在的"老年之病":与"生理之病"同步发展的"心理、精神之病"。从根本上说,人是理性的动物,他有出于本能的很强的自控能力与习惯,不仅是自觉地对人性扬善抑恶,对内在的动物性的生理欲求也有自我节制。但人到了老年,自控能力就会逐渐削弱以至失控:身体失控,心理、精神失控,与人相处时失控,导致人的理性下降,动物性上升,"病人"就变成"另外的人",甚至"非人"。最突出的表现,就是老人的"暴烈的言语与行为",以及"性变态"。这样的老人病态,在养老院群体生活中就会被放大,造成社会性危害。这构成了养老院管理中的一大难题。我接触不多,不能展开来讨论,只能把问题提出来,希望引起注意。

2023年8月

后记

2023年9月4日，这本《养老人生》终于定稿。距离老伴可忻的远行，正好四年零一个月。当年（2015年7月）就是可忻选中燕园，开启了我们的养老人生的。可忻临终前（2019年3月）编选《崔可忻纪念集》，又开启了我的养老学研究。我为此纪念集写的序言《"我的深情为你守候"》（见本书第47页）。现在把这些年积累的思考汇集成书，自然感慨万千。这本书，首先要奉献在可忻的灵前。

这是一本与老年人生血肉相连的著作，我们在燕园养老八年的生命体验与思考都渗透其间。这里每一篇文字的背后，都有着一个个鲜活的故事，跳动着朋友们的身影。这本书正是为他（她）们而写的。此刻浮现在眼前的，有泰康管理层高智商、高情商的朋友们，从上层的陈东升，中层的葛明、李森堂，到我的管家师欣，还有一大群可爱而可笑的老头儿、老太："第一批居民"金和增，樊宝珠；老同学、老朋友赵园、王得后；早已超越医患关系的傅妍、宋安大夫；一见如故，很快就情不自禁地合作写书的儿童文学家金波；还有，在"冰山"小组里共同探讨养老学的陆晓娅、宋敏等。这也是一个生命共同体，都是研究者所说的老年人生的"猜谜人""探索者"。我写的《养老人生》本就属于他（她）们。

当然，我也期待结识新的朋友，大家一起来探讨"养老学"。这也是我在本书中一再强调的，这是可以引发我们的好奇心、想象力、创造力，也具有理论性、实践性的新天地。

2023年9月5日

《牺牲》（凯绥·珂勒惠支）

附录1

死后

鲁迅

我梦见自己死在道路上。

这是哪里,我怎么到这里来。怎么死的,这些事我全不明白。总之,待到我自己知道已经死掉的时候,就已经死在那里了。

听到几声喜鹊叫,接着是一阵乌老鸦。空气很清爽,——虽然也带些土气息,——大约正当黎明时候罢。我想睁开眼睛来,他却丝毫也不动,简直不像是我的眼睛;于是想抬手,也一样。

恐怖的利镞忽然穿透我的心了。在我生存时,曾经玩笑地设想:假使一个人的死亡,只是运动神经的废灭,而知觉还在,那就比全死了更可怕。谁知道我的预想竟的中了,我自己就在证实这预想。

听到脚步声,走路的罢。一辆独轮车从我的头边推过,大约是重载的,轧轧地叫得人心烦,还有些牙齿酸。很觉得满眼绯红,一定是太阳上来了。那么,我的脸是朝东的。但那都没有什么关系。切切嚓嚓的人声,看热闹的。他们踹起黄土来,飞进我的鼻孔,使我想打喷嚏了,但终于没有打,仅有想打的心。

陆陆续续地又是脚步声,都到近旁就停下,还有更多的低语声:看的人多起来了。我忽然很想听听他们的议论。但同时想,我生存时说的什么批评不值一笑的话,大概是违心之论罢:才死,就露了破绽了。然而还是听;然而毕竟得不到结论,归纳起来不过是这样——

"死了?……"

"嗡。——这……"

"哼!……"

"啧。……唉!……"

我十分高兴,因为始终没有听到一个熟识的声音。否则,或者害得他们伤心;或则要使他们快意;或则要使他们加添些饭后闲谈的材料,多破费宝贵的工夫;这都会使我很抱歉。现在谁也看不见,就是谁也不受影响。好了,总算对得起人了!

但是,大约是一个马蚁,在我的脊梁上爬着,痒痒的。

我一点也不能动,已经没有除去它的能力了;倘在平时,只将身子一扭,就能使它退避。而且,大腿上又爬着一个哩!你们是做什么的?虫豸!?

事情可更坏了:嗡的一声,就有一个青蝇停在我的颧骨上,走了几步,又一飞,开口便舐我的鼻尖。我懊恼地想:足下,我不是什么伟人,你无须到我身上来寻做论的材料……。但是不能说出来。他却从鼻尖跑下,又用冷舌头来舐我的嘴唇了,不知道可是表示亲爱。还有几个则聚在眉毛上,跨一步,我的毛根就一摇。实在使我烦厌得不堪,——不堪之至。

忽然,一阵风,一片东西从上面盖下来,他们就一同飞开了,临走时还说——

"惜哉!……"

我愤怒得几乎昏厥过去。

木材摔在地上的钝重的声音同着地面的震动,使我忽然清醒,前额上感着芦席的条纹。但那芦席就被掀去了,又立刻感到了日光的灼热。还听得有人说——

"怎么要死在这里?……"

这声音离我很近,他正弯着腰罢。但人应该死在哪里呢?我先前以为人在地上虽没有任意生存的权利,却总有任意死掉的权利的。现在才知道并不然,也很难适合人们的公意。

可惜我久没了纸笔;即有也不能写,而且即使写了也没有地方发表了。只好就这样地抛开。

有人来抬我,也不知道是谁。听到刀鞘声,还有巡警在这里罢,在我所不应该"死在这里"的这里。我被翻了几个转身,便觉得向上一举,又往下一沉;又听得盖了盖,钉着钉。但是,奇怪,只钉了两个。难道这里的棺材钉,是只钉两个的么?

我想:这回是六面碰壁,外加钉子。真是完全失败,呜呼哀哉了!……

"气闷!……"我又想。

然而我其实却比先前已经宁静得多,虽然知不清埋了没有。在手背上触到草席的条纹,觉得这尸衾倒也不恶。只不知道是谁给我化钱的,可惜!但是,可恶,收敛的小子们!我背后的小衫的一角皱起来了,他们并不给我拉平,现在抵得我很难受。你们以为死人无知,做事就这样地草率吗?哈哈!

我的身体似乎比活的时候要重得多,所以压着衣皱便格外的不舒服。但我想,不久就可以习惯的;或者就要腐烂,不至于再有什么大麻烦。此刻还不如静静地静着想。

"您好?您死了么?"

是一个颇为耳熟的声音。睁眼看时,却是勃古斋旧书铺的跑外的小伙计。不见约有二十多年了,倒还是那一副老样子。我又看看六面的壁,委实太毛糙,简直毫没有加过一点修刮，锯绒还是毛毿毿的。

"那不碍事，那不要紧。"他说，一面打开暗蓝色布的包裹来。"这是明板《公羊传》，嘉靖黑口本，给您送来了。您留下他罢。这是……。"

"你！"我诧异地看定他的眼睛，说，"你莫非真正胡涂了？你看我这模样，还要看什么明板？……"

"那可以看，那不碍事。"

我即刻闭上眼睛，因为对他很烦厌。停了一会，没有声息，他大约走了。但是似乎一个马蚁又在脖子上爬起来，终于爬到脸上，只绕着眼眶转圈子。

万不料人的思想，是死掉之后也还会变化的。忽而，有一种力将我的心的平安冲破；同时，许多梦也都做在眼前了。几个朋友祝我安乐，几个仇敌祝我灭亡。我却总是既不安乐，也不灭亡地不上不下地生活下来，都不能副任何一面的期望。现在又影一般死掉了，连仇敌也不使知道，不肯赠给他们一点惠而不费的欢欣。……

我觉得在快意中要哭出来。这大概是我死后第一次的哭。

然而终于也没有眼泪流下；只看见眼前仿佛有火花一闪，我于是坐了起来。

一九二五年七月十二日

附录2

死

鲁迅

当印造凯绥·珂勒惠支(Kaethe Kollwitz)所作版画的选集时,曾请史沫德黎(A. Smedley)女士做一篇序。自以为这请得非常合适,因为她们俩原极熟识的。不久做来了,又逼着茅盾先生译出,现已登在选集上,其中有这样的文字:

> 许多年来,凯绥·珂勒惠支——她从没有一次利用过赠授给她的头衔——作了大量的画稿,速写,铅笔作的和钢笔作的速写,木刻,铜刻。把这些来研究,就表示着有二大主题支配着,她早年的主题是反抗,而晚年的是母爱,母性的保障,救济,以及死。而笼照于她所有的作品之上的,是受难的,悲剧的,以及保护被压迫

者深切热情的意识。

有一次我问她,"从前你用反抗的主题,但是现在你好像很有点抛不开死这观念。这是为什么呢?"用了深有所苦的语调,她回答道,"也许因为我是一天一天老了!"……

我那时看到这里,就想了一想。算起来:她用"死"来做画材的时候,是一九一〇年顷;这时她不过四十三四岁。我今年的这"想了一想",当然和年纪有关,但回忆十余年前,对于死却还没有感到这么深切。大约我们的生死久已被人们随意处置,认为无足重轻,所以自己也看得随随便便,不像欧洲人那样的认真了。有些外国人说,中国人最怕死。这其实是不确的,——但自然,每不免模模胡胡的死掉则有之。

大家所相信的死后的状态,更助成了对于死的随便。谁都知道,我们中国人是相信有鬼(近时或谓之"灵魂")的,既有鬼,则死掉之后,虽然已不是人,却还不失为鬼,总还不算是一无所有。不过设想中的做鬼的久暂,却因其人的生前的贫富而不同。穷人们是大抵以为死后就去轮回的,根源出于佛教。佛教所说的轮回,当然手续繁重,并不这么简单,但穷人往往无学,所以不明白。这就是使死罪犯人绑赴法场时,大叫"二十年后又是一条好汉",面无惧色的原因。况且相传鬼的衣服,是和临终时一样的,穷人无好衣裳,做了鬼也决不怎么体面,实在远不如立刻投胎,化为赤条条的婴儿的上算。我们曾见谁家生了小孩,胎里就穿着叫化子或是游泳家的衣服的么?从来没有。这就好,从新来过。也许有人要问,既然相信轮回,那就说不定来生会堕入更穷苦的景况,或者简直是畜生道,更加可怕了。但我看他们是并不这样想的,他们确信自己并未造出该入畜生道的罪孽,他们从来没有能堕畜生道的地位,权势和金钱。

然而有着地位,权势和金钱的人,却又并不觉得该堕畜生道;他们倒一面化为居士,准备成佛,一面自然也主张读经复古,兼做圣贤。他们像活着时候的超出人理一样,自以为死后也超出了轮回的。至于小有金钱的人,则虽然也不觉得该受轮回,但此外也别无雄才大略,只豫备安心做鬼。所以年纪一到五十上下,就给自己寻葬地,合寿材,又烧纸锭,先在冥中存储,生下子孙,每年可吃羹饭。这实在比做人还享福。假使我现在已经是鬼,在阳间又有好子孙,那么,又何必零星卖稿,或向北新书局去算账呢,只要很闲适地躺在楠木或阴沉木的棺材里,逢年逢节,就自有一桌盛馔和一堆国币摆在眼前了,岂不快哉!

就大体而言,除极富贵者和冥律无关外,大抵穷人利于立即投胎,小康者利于长久做鬼。小康者的甘心做鬼,是因为鬼的生活(这两字大有语病,但我想不出适当的名词来),

就是他还未过厌的人的生活的连续。阴间当然也有主宰者，而且极其严厉，公平，但对于他独独颇肯通融，也会收点礼物，恰如人间的好官一样。

有一批人是随随便便，就是临终也恐怕不大想到的，我向来正是这随便党里的一个。三十年前学医的时候，曾经研究过灵魂的有无，结果是不知道；又研究过死亡是否苦痛，结果是不一律，后来也不再深究，忘记了。近十年中，有时也为了朋友的死，写点文章，不过好像并不想到自己。这两年来病特别多，一病也比较的长久，这才往往记起了年龄，自然，一面也为了有些作者们笔下的好意的或是恶意的不断的提示。

从去年起，每当病后休养，躺在藤躺椅上，每不免想到体力恢复后应该动手的事情：做什么文章，翻译或印行什么书籍。想定之后，就结束道：就是这样罢——但要赶快做。这"要赶快做"的想头，是为先前所没有的，就因为在不知不觉中，记得了自己的年龄。却从来没有直接的想到"死"。

直到今年的大病，这才分明的引起关于死的豫想来。原先是仍如每次的生病一样，一任着日本的S医师的诊治的。他虽不是肺病专家，然而年纪大，经验多，从习医的时期说，是我的前辈，又极熟识，肯说话。自然，医师对于病人，纵使怎样熟识，说话是还是有限度的，但是他至少已经给了我两三回警告，不过我仍然不以为意，也没有转告别人。大约实在是日子太久，病象太险了的缘故罢，几个朋友暗自协商定局，请了美国的D医师来诊察了。他是在上海的唯一的欧洲的肺病专家，经过打诊，听诊之后，虽然誉我为最能抵抗疾病的典型的中国人，然而也宣告了我的就要灭亡；并且说，倘是欧洲人，则在五年前已经死掉。这判决使善感的朋友们下泪。我也没有请他开方，因为我想，他的医学从欧洲学来，一定没有学过给死了五年的病人开方的法子。然而D医师的诊断却实在是极准确的，后来我照了一张用X光透视的胸像，所见的景象，竟大抵和他的诊断相同。

我并不怎么介意于他的宣告，但也受了些影响，日夜躺着，无力谈话，无力看书。连报纸也拿不动，又未曾炼到"心如古井"，就只好想，而从此竟有时要想到"死"了。不过所想的也并非"二十年后又是一条好汉"，或者怎样久住在楠木棺材里之类，而是临终之前的琐事。在这时候，我才确信，我是到底相信人死无鬼的。我只想到过写遗嘱，以为我倘曾贵为官保，富有千万，儿子和女婿及其他一定早已逼我写好遗嘱了，现在却谁也不提起。但是，我也留下一张罢。当时好像很想定了一些，都是写给亲属的，其中有的是：

一，不得因为丧事，收受任何人的一文钱。——但老朋友的，不在此例。

二，赶快收敛，埋掉，拉倒。

三，不要做任何关于纪念的事情。

四，忘记我，管自己生活。——倘不，那就真是胡涂虫。

五，孩子长大，倘无才能，可寻点小事情过活，万不可去做空头文学家或美术家。

六，别人应许给你的事物，不可当真。

七，损着别人的牙眼，却反对报复，主张宽容的人，万勿和他接近。

此外自然还有，现在忘记了。只还记得在发热时，又曾想到欧洲人临死时，往往有一种仪式，是请别人宽恕，自己也宽恕了别人。我的怨敌可谓多矣，倘有新式的人问起我来，怎么回答呢？我想了一想，决定的是：让他们怨恨去，我也一个都不宽恕。

但这仪式并未举行，遗嘱也没有写，不过默默的躺着，有时还发生更切迫的思想：原来这样就算是在死下去，倒也并不苦痛；但是，临终的一刹那，也许并不这样的罢；然而，一世只有一次，无论怎样，总是受得了的。……后来，却有了转机，好起来了。到现在，我想，这些大约并不是真的要死之前的情形，真的要死，是连这些想头也未必有的，但究竟如何，我也不知道。

一九三六年九月五日